Frisch von der Unteroffiziersschule als Panzerfahrer in die Einheit versetzt, erwartet Eisold und seine Kameraden der entwürdigende Truppenalltag in der Nationalen Volksarmee. Schläge, Erniedrigungen und Demütigungen sind an der Tagesordnung. Auf den Stuben herrscht eiserne Hierarchie...

In Friedenszeiten beginnt jeder seinen eigenen Privatkrieg gegen den Nächsten...

Ein Dokument aus der Sicht des Unteroffiziers Anfang der Achtziger und die verlorenen Illusionen. Das Zerrbild einer Armee, die nach außen hin mit Pfunden wucherte und sich von innen her selbst zerfraß.

Andreas Eichelberger

Nichts von alledem

Bibliographische Information der Deutschen Nationalbibliothek
Die Deutsche Nationalbibliothek verzeichnet diese Publikation in
der Deutschen Nationalbibliographie, detaillierte bibliographische
Daten sind im Internet über
http://dnb.d-nb.de abrufbar.

Herstellung und Verlag: Books on Demand GmbH,Norderstedt
© 2008 Andreas Eichelberger
ISBN 978-3-8370-2603-0

Babenberg, Ostdeutschland
1981

Sternbild Orion war deutlich zu erkennen.

Sie näherten sich der Bataillonstür.

Meichert stapfte voran. Er schien in sich gekehrt, während sie den Weg zurücklegten. Dann sah er zu Eisold, der neben ihm den schweren Sack schleppte. „Also, zurückhalten, unauffällig bleiben, so fahrt ihr am besten."

Eisold und die anderen nickten.

Das Gebrüll war kaum zu übertönen, das aus den erleuchteten Fensterhöhlen brandete. Vor ihnen zerbarst eine Wodkaflasche, die jemand aus einem oberen Stockwerk geworfen hatte.

Meicherts Blick war weiterhin nach vorn gerichtet. Er nahm nichts zur Kenntnis. Unter seinen Stiefeltritten knirschte das Glas. Entmenschte fratzenhafte Gesichter, ein unvorstellbares Ausmaß an Frustration, Wut und Häme.

Eisold warf Briegandt, dessen Antlitz im Licht der Laternen fahl erschien, einen schnellen Blick zu. Auch von Hessel war alle Lustigkeit gewichen. Dann musterte er unauffällig Meichert. Das Haar etwas länger als üblich, der Sattel der Mütze gebogen. „Und – wie lange hast du noch?" fragte er unvermittelt.

Meichert zeigte keine Regung. Nach einer Weile sagte er: „Neun Tage."

Meichert fegte die Bataillonstür auf. Sie polterten in den Flur. „Wöhner!" brüllte Meichert. „Neue Fahrer. Bring sie unter!"

Ein Gefreiter erschien, ohne Jacke, die Hosenträger hingen an den Seiten herab. Wöhner lächelte väterlich. „Na dann, mitkommen."

Meichert blieb noch im Flur stehen und sah ihnen nach.

Sie durchschritten ein Schlachtfeld. Auf dem Gang lagen Militärklamotten, Papier, Flaschen, Zigarettenkippen. Gegröhle war zu vernehmen. Sie wurden angepöbelt. Andere boten Alkohol an, doch Wöhner schob die Neuen weiter. Jemand stellte sich ihnen in den Weg, das EK-Tuch um den Hals geschlungen: „He, was macht die Sau, wenn sie vor einen Baum läuft? Uffz!"

Wöhner lachte. „Lass man, die kriegen noch genug von." Sie trafen auf den UvD, einen schmächtigen Typen mit einem Augenfehler. „Blohm, bring sie auf die Zimmer. Ich hab jetzt auch langsam die Schnauze voll." Wöhner verschwand.

Blohm überflog einen Zettel, den er bei sich trug, schickte Hessel und andere höher und in den dritten Stock. Dann drängte er Eisold in ein Zimmer unmittelbar links und Briegandt weiter hinten in das nächste. Sie waren getrennt. Dann setzte sich Blohm in seinen kleinen Glasverschlag und schaute verstört dem wilden Treiben zu.

Eisold trat in den Raum. Links und rechts Doppelstock, an den beiden Fenstern jeweils Einzelbetten, inmitten zwei Tische zusammengerückt. Er schloss die Tür hinter sich, fand sich allein. Sämtliche Spinde waren geöffnet.

Auf dem Flur wurde eine Flasche zerschlagen. Eisold zuckte zusammen, fasste sich, trat rechts an das Bett. Oben am Gestell stand sein Name, desgleichen daneben an einem Spind. Doch in den Fächern befand sich Unrat, Schlips und Kragenbinden, leere Zigarettenschachteln, ein brauner Becher. Die Betten und Graudecken zerwühlt, Kaffeereste auf dem Tisch. In der Ecke am Fenster dudelte ein Radio. Vom Gang her flutete Lärm in den Raum, Klirren von Glas, Gelächter, dumpf, wie aus einer anderen Welt.

Eisold setzte sich auf das untere Bett. Er wollte zu Briegandt eilen, aber irgendetwas lähmte ihn. Warum war hier Krieg?

Ein Großer mit breiten Schultern im Trainingsanzug betrat Arm in Arm mit einem kleinen Blonden den Raum. Der Blonde war in Zivil, das EK-Tuch um den Hals, mit Adressen bedeckt. Sein Blick fiel auf Eisold. Er lächelte. „He, na du, Neuer." Er schwankte, trotz dass ihn der Große hielt. „Hier, mein Bett, mein Spind." Er machte eine Pause, schaute langsam über das Chaos hinweg und schien den Faden verloren zu haben. „Nachfolger", lallte er. Unsagbare Freude glitzerte in seinen Augen. Doch dann wurde er ernst. „Ich will gehen." Er löste sich bedächtig aus den Armen des Großen und trottete hinaus.

Der Große hieß Hohlfeld. Er war durchtrainiert und kräftig. Allem Anschein nach hatte er im Moment den Laden hier im Raum zu schmeißen. Er betrachtete Eisold mit mürrischer Neugier. „Nun, was glotzt du so, räum deinen Spind ein, oder soll ich dir Beine machen?"

Eisold begann in seinem Klamottensack zu nesteln. Hohlfeld setzte sich auf das Bett rechts am Fenster und rauchte. „Scheiße, Powileit hat's gut." Er sah zu Eisold. „Der verstand was von Panzern, du Narr. Im Manöver Kupplung eingehangen, musst du erstmal machen. Gab's gleich Quali eins." Plötzlich bot er Eisold eine Zigarette an. „Dir werden sie schon die Hammelbeine lang ziehen."

In dem Moment wuchtete ein Kleiner mit schmächtiger Statur seine Sachen über die Schwelle. Er streckte Eisold forsch die Hand entgegen. „Wellhofer." Dann ging er um den Tisch zu Hohlfeld. „Wellhofer. - Und – wie lange hast du noch?"

Hohlfeld blickte den Neuen von oben bis unten an. „Was stellst du denn hier für Fragen?" Er schüttelte den Kopf. „Mensch, räum lieber deinen Spind ein. Wenn Lobach keine Ruhe bekommt, fliegen hier die Fetzen."

Wellhofer ging zu seinem Spind. „Wer ist Lobach?"

„Der Stubenchef. Er ist nachgerückt. Da könnt ihr euch warm anziehen. Bei Powileit war's sicher noch annehmbar. Lobach hat lange warten müssen." Hohlfeld legte sich aufs Bett. „Das geht mich sowieso nichts an."

Es ging auf Mitternacht zu. Eisold und Wellhofer hatten die Spinde eingerichtet und lagen bereits in ihren Betten. Die zwei anderen, die außer Lobach die Besatzung des Zimmers komplettierten, waren von den Gängen zurückgekehrt. Scholz, ein schlanker dunkelhaariger, der Eisold und Wellhofer kühl begrüßt und sie mit aufmerksamen Blicken taxiert hatte, zog sich in die Koje unter Wellhofer zurück und begann in einem Buch zu lesen. Der Typ auf Eisolds Seite, Kramny, mit ungesundem Aussehen und Geheimratsecken, fummelte wortlos und mit glasigen Augen in seinen Spindfächern herum. Ein beginnender Schmerbauch quoll ihm aus dem Hosenbund. Hohlfeld machte sich Kaffee.

8

Dann flog die Tür auf. Das musste Lobach sein. Er konnte sich in seiner Betrunkenheit kaum auf den Beinen halten. Sein Körper war eine kompakte Masse. Von mittlerer Größe, wirkte er doch wie ein Dampfhammer, sein Gesicht ungeschlacht und roh. Lobach tappte zum Tisch und sah langsam im Zimmer umher. Mit kindlicher gekünstelter Stimme wandte er sich an Wellhofer: „Wollen sich die frischgebackenen Herren Unteroffiziere nicht vorstellen?" Lobachs Augen waren unverwandt auf Wellhofer gerichtet. Seine buschigen Brauen wuchsen in der Mitte fast zusammen.

Wellhofer sprang aus dem Bett und nannte seinen Namen. Eisold kletterte auch aus seiner Koje. Lobach glotzte dümmlich auf Wellhofers Hand. „Well-ho-fer?" wiederholte er lallend. Er drehte sich zu Eisold um. „Und du, Glatter?"

„Eisold."

„Ei-ei-eisold."

Scholz unter Wellhofers Bett hatte sich zur Wand gedreht. Kramny mit seinem glasigen Blick lagerte unter Eisold und schaute interessiert zu. Hohlfeld saß am Tisch und schlürfte seinen Kaffee.

Plötzlich brüllte Lobach los: „Wieso machen hier die Glatten ohne Mütze Meldung beim Stubenältesten?"

Wellhofer, der neben Lobach stand, zuckte zusammen. Er öffnete mit fahrigen Händen seinen Spind und entnahm ihm die Uniformmütze. Eisold tat es ihm nach.

„Los, Meldung!" polterte Lobach.

Wellhofer begann zu sprechen: „Unteroffizier Wellhofer…"

„Die Hand!" brüllte Lobach.

Wellhofer führte seine Hand korrekt an die rechte Seite der Mütze. „Unteroffizier Wellhofer meldet sich hiermit beim Stubenältesten!"

„Bei wem?"

„Unteroffizier Wellhofer meldet sich hiermit bei Unteroffizier Lobach!"

„Kaffee machen!"

Lobach, der Stubenälteste, hatte zweieinhalb Jahre abgerissen und war Entlassungskandidat geworden. Er betrank sich oft und galt nun als der unumschränkte Herrscher des Zimmers. Desgleichen genoss Lobach Narrenfreiheit in allen Räumen und auf sämtlichen Fluren. Doch nicht allein seine Unberechenbarkeit und Kraft öffnete ihm Tür und Tor, sondern auch sein Wissen im Panzermetier. Mit Recht konnte Lobach sich rühmen, einer der besten Fahrer im Regiment zu sein. Und selbst die Neuen durften Lobach jederzeit ansprechen, wenn es um Fachliches ging.

Hohlfeld blickte auf zwei Jahre zurück. Er war fleißig, ordentlich und ein geradliniger Typ, sah sich oft zu taktischen Schritten veranlasst, um das Gleichgewicht im Zimmer zu halten, was ihm nicht immer gelang. Im Können stand er Lobach nicht nach.

Scholz, der unter Wellhofer logierte, hatte die Hälfte hinter sich und verfolgte das Treiben der Kameraden mit starrer Maske. Mit eigentümlichem Sarkasmus reagierte er im Alltag auf die Älteren und behandelte Eisold und Wellhofer zynisch und süffisant. Scholz war es nicht zu verdenken. Sie standen ihm so gesehen am nächsten, doch er hatte in diesem Zimmer ein Jahr auf Neue gewartet und in dieser Zeit alles allein wegstecken müssen. Es war zuviel geschehen, als dass er protegiert hätte.

Durch einen Tritt gegen das obere Bettgestell wurde Eisold jeden Morgen von Kramny geweckt. Er war ein Gefreiter, den man zum Panzerfahrer ernannt hatte und wie Lobach im letzten Diensthalbjahr, stand im Rang unter allen. Doch das zählte nicht. Er war EK.

Abends halb elf knallte die Bataillonstür gegen die Wand. Um Scholz' Mund legte sich ein verbissener Zug. Hohlfeld, der auf dem Bett lag, blickte auf und runzelte die Stirn.

Dann flog die Zimmertür an Eisolds Doppelbett. Kramny murrte unhörbar. Lobach schwankte aufgedunsen im Eingang.

„Lotte, zieh dich um", sagte Hohlfeld. „Trink in Ruhe noch Kaffee."

„Ich?" fragte Lobach. „Ich soll Kaffee trinken, ich? Ihr trinkt jetzt alle Kaffee, und jemand macht den. Wellhofer...", lallte er.

„Alles klar, Lotte." Wellhofer sprang aus dem Bett und hastete zu den Utensilien. Für den Moment schien die Gefahr gebannt. Eisold kletterte ebenfalls herab, um Wellhofers Rücken zu stärken. Irgendetwas musste hier immer getan werden.

Lobach zerrte entmutigt an seinen Klamotten. Der Rest der Belegschaft schien beruhigt. –

Wellhofer brachte die dampfende Tasse an Lobachs Platz, der umständlich seinen Mantel in den Spind hängte und aus der Innentasche eine Flasche Wodka zutage förderte. Hohlfeld zog die Brauen hoch und lächelte. Kramny erhob sich langsam aus dem Bett und setzte sich an den Tisch. Scholz blieb liegen.

Lobach wuchtete die Flasche auf die Platte und ließ sich schwer fallen. „Eisold, Wellhofer, setzen!" befahl er. „Trinken!"

Kramny begehrte auf. „Was denn, die Glatten?"

„Schnauze, Kramny. Sie trinken heute als erste." Lobach sah zu ihm hin. Das reichte, um ihn zum Schweigen zu bringen. Kramny wurde sich wieder bewusst, dass er im Grunde hier nichts zu bestellen hatte und nur sein Halbjahr ihm Schutz bot.

Eisold und Wellhofer tranken. Dann ließ Lobach die Flasche kreisen, nahm seinen Kaffee zu sich und rauchte friedfertig eine Zigarette.

In diesem Moment klopfte es und Gonschorek, ein Kommandant im letzten Diensthalbjahr wie Lobach, kam zur Tür herein, was er des öfteren unvermittelt tat. Er lächelte fröhlich und hatte seine Augen überall. Eisold fielen die langen Koteletten auf, die dieser sich hatte wachsen lassen. „Oh, Lotte, eine kleine Feier zum Ausklang des Tages", stellte Gonschorek fest.

Eisold schnippte hoch, um ihm den Sitzplatz freizugeben. Er kannte ihn noch nicht, und Vorsicht war geboten. Doch der winkte ab und ließ sich stattdessen auf Hohlfelds Bett nieder. „Alle in trauter Runde", lachte er und übernahm die ihm dargebotene Flasche. Dabei ruhte sein Blick auf dem Neuen. Lobach und Hohlfeld schwiegen.

Gonschorek war wie Lobach und Kramny EK. Er genoss hohes Ansehen bei Lobach und konnte jederzeit eintreten. Aufgrund seiner Funktion hatte er sich gewisse Führungsqualitäten angeeignet und wusste sie auszuschöpfen.

In der Runde schien Gonschorek umgänglich und schwatzhaft. Doch war er auf eine ganz andere Art unberechenbar und ließ viele Nuancen in seinen Handlungen aufblitzen. Korrekt und dienstbeflissen, nahm er alles wahr, was um ihn herum vorging. Es schien, als sei er der Einzige, dem diese Welt wirklich etwas bedeutete. Nie konnte man bei ihm eine Schwäche, eine Blöße erkennen, und er schien jeder denkbaren Situation gewachsen. Überall tauchte er auf, wenn keiner mit ihm rechnete.

Auch Gonschorek scheuchte die neuen Fahrer, wann es ihm beliebte. Er suchte und fand die Fehler, erklärte streng und unnachgiebig, mischte sich zuweilen sogar in die Belange der Zimmerordnung ein.

Und Eisold bemerkte in dieser Anfangszeit, dass Gonschorek Unterschiede machte, dass er nachfragte, wer warum drei Jahre dienen wollte.

Lobach hatte eine zweite Flasche hervorgeholt und reichte sie erneut Wellhofer. Kramny, dessen ständig gerötete Augen umherirrten, begann wiederum zu murren. „Lass die Glatten nicht so trinken, Lotte. Die soll'n lieber die Bude kehren."

„Jetzt nicht", sagte Lobach. Sein schwerer Kopf wackelte hin und her. „Ich will Kaffee."

Eisold erhob sich. Gonschorek lächelte in seiner Ecke und fragte: „Kramny, willst du das nicht Lotte überlassen, wie das gehandhabt wird?"

Kramny sah Gonschorek mit glasigen Augen an. „Ich mein ja nur. Das ist nicht üblich."

„Du bist auch nicht üblich auf einer Uffz-Bude", sagte Gonschorek langsam. „Vergiss das nicht." In seinen Augen begann es eigenartig zu glitzern.

13

Hohlfeld drehte sich um. „Gonschorek." Er hob seine Hände und meinte in seiner geradlinigen Art: „Lass das doch jetzt."

„Hohlfeld, willst du dich auch mit mir anlegen?" fragte Gonschorek. Lobach schwieg.

„Ist ja schon gut. Trinken wir noch einen", sagte Hohlfeld und reichte Gonschorek ohne Gram die Flasche.

Der trank und erhob sich dann. „Na, ich will die Herren mal allein lassen in ihrem Beisammensein." Er ging zur Tür. „Lotte, schlaf gut. Und", er wandte sich nach rechts, „der Gefreite Kramny hat sich soeben wärmstens für die Wache vom Samstag zum Sonntag empfohlen."

Kramny schien zu Stein zu erstarren. Als Gonschorek die Tür hinter sich geschlossen hatte, stieß er den Stuhl an den Tisch und warf sich aufs Bett.

Briegandt wirkte fahrig. Er musste noch die Bude kehren. Zuviel Zeit hatte der Brief in Anspruch genommen, den er an seine Angehörigen verfasste. Schließlich klebte er ihn zu.

Freudler, der Stubenälteste, lagerte auf seinem Einzelbett und las in einer Zeitschrift. Briegandt nahm den Brief und trat an seinen Spind. „Ich dusche schnell. Dann mache ich Ordnung." Er griff sich ein Handtuch und ging zur Tür.

Freudler honorierte es mit einem satanischen Grinsen. Er sah auf seine Armbanduhr. Er war ebenso kräftig wie Hohlfeld. Hochgewachsen, das volle Haar fast schwarz, hätte man ihn für einen Spanier halten können. Sein Gesicht bewegte sich in nervöser Erregung. Er lächelte zynisch.

14

Schelldorn und Blohm, die im Zimmer mit logierten, beobachteten Freudler. Sie hatten sich bereits in ihre Kojen zurückgezogen. Grawe, der fünfte, schlief unruhig.

Briegandt verließ das Zimmer und und betrat den verwaisten Duschraum. Wasserhähne tropften und warfen das Geräusch von den Wänden zurück. Briegandt atmete tief durch. Er musste an morgen denken, an das Wecken, an das Hetzen, an den Trab, der ihn in Atem hielt.

Doch keine Zeit. Er entkleidete sich, trat unter die Dusche und drehte am Hahn. Dann schloss er die Augen. Warmes Wasser überflutete seinen Körper. Jetzt schnell einseifen.

Plötzlich blieb die Flüssigkeit weg. Er wandte sich um. Freudler stand vor ihm und nahm die Hand vom Hahn zurück. Sein Mund zog sich hämisch in die Breite. „Die Bude willst du wohl um Mitternacht kehren, was?"

„Ich beeil mich..."

„Du hältst erstmal deine Fresse, Briegandt." Freudler trat einen Schritt zurück, wippte auf den Füßen.

Briegandt stand nackt vor Freudler. Ihre Blicke trafen sich. Da schlug Freudler zu. Seine Faust traf Briegandt mitten im Gesicht. Briegandts Körper prallte gegen die rückwärtige Kabinenwand und rutschte herab. Freudler zog ihn am Arm hoch und schlug erneut. Briegandt fiel zur Seite und krümmte sich in der Ecke zusammen. Freudler holte mit dem Fuß aus und trat ihn in die Nierengegend. „Damit du glatte Sau klarsiehst, demnächst kehrst du eher. Haben wir uns verstanden?" Freudlers Gesicht war mit einemmal unmittelbar vor ihm. Briegandt zitterte. „Ja, klar, das geht klar", keuchte er.

Freudler lächelte und wich zurück. Er sah sich im Duschraum um und fiel blitzartig zu Boden. Dann stemmte er vor Briegandt, dem das Blut aus der Nase tropfte, dreißig Liegestütze, erhob sich und verließ ihn. Dessen angstvoller Blick verharrte noch sekundenlang auf der Tür.

Freudler hatte zwei Dienstjahre hinter sich und beherrschte das Zimmer nach Gutdünken. Schelldorn, Blohm und Grawe standen weit unter ihm, und auf Briegandt lastete alles. Freudler war nervlich nicht auf der Höhe, äußerst brutal und überlegte ständig, was er in den nächsten fünf Minuten unternehmen könnte, um das Gefüge der Eintracht durcheinander zu bringen. Er schien innerlich zerbrochen und misshandelte in perfider Art und Weise, ohne einen wahren Grund zu finden.

Briegandt grübelte oft darüber nach, was Freudler zu dem gemacht hatte, was er jetzt war. Des Nachts starrte er in die Dunkelheit. Wie konnte er Freudler verändern?

Im Klubraum der Kompanie hing eine Gitarre. Briegandt nahm sie eines Abends von der Wand und stimmte sie. Sanft strich er über den Leib des Instruments. Er fühlte sich zurückversetzt in eine Zeit, die weit vor der Armee lag. Seine flügellahme Band, der er den Teamgeist einflößen wollte. Seine unermüdlichen Versuche, sie zusammenzuschweißen. Seine immer neuen Gedanken, sie aus der Taufe zu heben, mit Fleiß und Originalität, eine andere Art Beatles.

Doch das war Vergangenheit. Er fasste die Gitarre und eilte zurück in sein Zimmer.

Freudler lag wie üblich auf seinem Bett und sah überrascht auf. Briegandt nahm allen Mut zusammen, setzte sich an den Tisch, schob den Stuhl zurück, um Platz für das Instrument zu haben und spielte aus dem Stegreif „Night's in white satin". Etwas verhalten zu Beginn, gewann seine Stimme an Ausdruckskraft und Bestimmtheit. Briegandt vergaß die Armee, vergaß Freudler und die anderen. Er spielte. Er gab jetzt und hier den Ton an, stand im Mittelpunkt. Die Akkorde saßen wie eh und je. Er spielte mit Hingabe und Leidenschaft.

Als die letzten Töne im Raum verklungen waren, herrschte eisiges Schweigen. Briegandt legte das Instrument auf seine Beine. Ihm war heiß geworden. Er langte nach dem erkalteten Kaffee Schelldorns und trank. Freudler schien gleichsam entrückt.

Nach einer ganzen Weile erhob sich Freudler und nahm Briegandt die Gitarre von den Knien. Er setzte sich wieder auf sein Bett und versuchte sanft und laienhaft, ihr Töne zu entlocken. Schelldorn, Blohm und Grawe hatten sich auf ihre Ellbogen gestützt und beobachteten.

Freudler unterbrach sein Geklimper. „Briegandt, wie geht das? Das ist wunderbar." Er sah Briegandt verträumt an. „Zeig mir das mal."

„Das ist aber nicht so einfach…"

„Schelldorn!" brüllte Freudler plötzlich. „Geh zu Hohlfeld rüber. Ich brauch 'ne Flasche. Er kriegt sie morgen zurück. Bestell ihm das. Komm, mach."

Schelldorn sprang aus dem Bett. Er sah Briegandt kurz an und verließ im Schlafanzug den Raum.

„Blohm", sagte Freudler, „brüh Kaffee." Auch dieser tat das Gewünschte. Grawe blieb im Bett. Er war ein dienstjüngerer Kommandant, unterstand gewissermaßen Gonschorek und wurde von Freudler häufig toleriert oder ignoriert, wie dieser es auch halten mochte.

Schelldorn kehrte zurück mit einer Flasche Wodka. Hohlfeld kam gleich mit. Er war neugierig.

Freudler war wie verwandelt. Briegandt sollte zunächst trinken. „Du bist ja ein Riesentalent. Das musst du mir beibringen", schlug Freudler unentwegt vor. „Wie machst du das?" Er ergriff erneut die Gitarre. Hohlfeld hatte sich mit kühlem Ausdruck niedergelassen.

„Das erfordert Übung", begann Briegandt wieder.

„Ist mir doch egal. – Hohlfeld, du müsstest hören, wie er spielt." Hohlfeld blieb ungerührt. „Na dann spiel doch."

„Das mein ich auch", drängte Freudler und räkelte sich auf seiner Decke. „Schelldorn", forderte er unvermittelt, „du kehrst jetzt den vorderen Teil der Bude, und Briegandt spielt was."

Schelldorn, der neben der Tür gestanden hatte, löste sich und trat betont langsam zum Besenschrank. Abermals streifte er Briegandt mit einem Blick. Freudler sprang auf und näherte sich Schelldorn. Im Vorbeigehen gab er Briegandt die Gitarre zurück. „Nicht so bedächtig, Schelldorn, sonst weißt du, was dir blüht."

Mit einem lauten Geräusch setzte Blohm die Tassen auf der Tischplatte ab. Freudler hielt inne. Blohm folgte zum Besenschrank und entnahm, sich zwischen Freudler und Schelldorn durchdrängend, dem Spind einen Besen. Er war mit Schelldorn im gleichen Diensthalbjahr.

Entnervt irrte Freudler nach einem verächtlichen Blick auf Blohm zu seiner Koje zurück.

Briegandt war der Vorgang peinlich. Erschreckend, mit welcher Reibungslosigkeit die Änderung in der Hierarchie vonstatten ging. Es kostete Freudler nichts als ein Lächeln. „Spiel weiter, Briegandt", forderte er leise. Hohlfeld saß mit unbewegter Miene am Tisch und beobachtete den Solisten. „Grawe", sagte Freudler, ohne sein Gesicht abzuwenden, „setz uns doch gleich noch mal Kaffee an. Es wird ein schöner Abend." Dann schraubte er den Wodka auf und reichte ihn zuerst Hohlfeld.

Briegandt spielte aus seinem Fundus mehrere Songs, die meisten in englischer Sprache, was Freudler noch mehr faszinierte. In dessen Augen trat ein eigentümlicher Glanz, und des öfteren schaute er nachdenklich vor sich hin.

Auch Briegandt trank mit. Der Alkohol entzog ihm letzte Hemmungen des Lampenfiebers. Mitunter reichte er ermutigt durch den jetzt friedlichen Verlauf Schelldorn die Flasche zum Bett hoch. Der gab sie an Blohm weiter.

Nun wich Schelldorn Briegandts Blick aus. Er machte einen gehetzten Eindruck. -

Briegandt hatte etwas verändert. Nicht unbedingt zu seinen Gunsten. Er war verunsichert und wusste, Schelldorn würde auf Rache sinnen.

Schelldorn war ein Nervenwrack. Das halbe Jahr auf Freudlers Zimmer hatte ihn gezeichnet und die Kompensation des Geschehenen zum Kettenraucher und fahrigen Ordnungsfreak gemacht. Er zwinkerte beständig mit den Augen und war ein Opfer seiner Sinne geworden. Körperlich und geistig Freudler

19

unterlegen, im Räderwerk der Diensthalbjahre gefangen, galt Schelldorn nurmehr als Werkzeug und gebeuteltes Individuum. Um diesem Zustand zu entfliehen, bedurfte es gewisser Winkelzüge und einer gehörigen Portion Verschlagenheit. Schelldorn lernte dazu. Nachts lag er wach, wenn alle schliefen und grübelte. Es würde noch ewig dauern, bis es anders lief. Er musste die Zeit, bis Freudler ging, besser überleben. Er beobachtete, belauschte und war immer um gut Wetter bemüht. Das half kaum. Freudler konnte ihn schlicht nicht ausstehen. Schelldorn war der Hund.

Eisold war mit Briegandt befreundet. Er erfuhr durch Gespräche von dessen Fähigkeiten und den Gitarrenabenden bei Freudler. Interessiert kam er manchmal auf Briegandts Zimmer, setzte sich hinzu. Freudler hatte nichts dagegen. Er war froh, frischen Wind in seiner Bude zu haben. Eisold sang nach anfänglichem Widerstreben die Texte mit. Er begann, sich für die Musik zu begeistern.

Schelldorn konstatierte alles. Er konnte nicht begreifen, dass sich die Rangordnung derartig zugunsten der Neuen neigte.

Eisold begriff wohl, dass Schelldorn das Wasser durch Briegandt abgegraben wurde. Doch nicht in der Absicht, dass sich Schelldorns Lage verschlechtern sollte. Es war lediglich eine logische Folge. Eisold unterhielt sich oft mit Schelldorn. Der Gepeinigte tat ihm leid. Sie sprachen über viel Privates, von zu Hause. Schelldorn öffnete sich. Er war sichtlich froh, jemanden zu haben, der seine Gedanken mit ihm teilte. Doch das half nicht viel.

Und er blieb dennoch nervös und vorsichtig. Er redete nur über Dinge, die ihn nicht in Gefahr bringen konnten. Eisold kam häufig auf das Zimmer Freudlers, den das nicht störte. Doch wenn Schwierigkeiten drohten, zog sich Eisold zurück. Er hatte selbst genug Verpflichtungen gegenüber Lobach und musste Wellhofer unterstützen.

Das alles übersah Schelldorn. Die Abende waren lang, und der Vorteil Briegandts lag auf der Hand. Der Druck Freudlers nahm kein Ende. Um etwas im Gefüge zu verändern, musste ein Wunder geschehen. Und der Zufall kam Schelldorn zu Hilfe.

Die Spinde auf den Zimmern wurden im Allgemeinen nach Dienstschluss nicht zugesperrt. Die Türen blieben angelehnt. Man verließ den Raum, kam zurück; es herrschte Kommen und Gehen. Den Sold verschloss man üblicherweise im Wertfach.

Eisold kam eines Abends auf Schelldorns Zimmer. Schelldorn fingerte nervös in seinem Spind herum. Außer ihm befand sich niemand im Raum.

„Scheiße", sagte Schelldorn. Er hatte wieder diesen gehetzten Ausdruck in den Augen.

„Was ist?" fragte Eisold.

Schelldorn hielt inne. Er setzte sich resigniert an den Tisch und atmete wie nach einem langen Lauf. Eisold zog einen Stuhl zurück, nahm Platz und sah Schelldorn besorgt an. „Was ist?"

Schelldorn blickte auf. Er machte einen müden, nahezu verfallenen Eindruck. „Mir fehlt Geld."

„Wieviel?"

„Hundert."

Schelldorn zündete sich eine Zigarette an und rauchte hastig. Eisold lehnte sich zurück. „Aus dem Wertfach?"

„Ja."

„War's alles?"

„Nein. Es ist noch was drin."

„Seltsam. Wie konnte das passieren?"

„Scheiße", wiederholte Schelldorn, „ich hab meinen Schlüsselbund auf dem Bett liegenlassen. Da lag er auch jetzt noch."

„Wieso fehlt nicht alles?" fragte Eisold.

Schelldorn sah zu Eisold auf und sog an seiner Zigarette. Er senkte die Augen. „Das versteh ich auch nicht."

„Wenn alles fehlte, wär's besser", sagte Eisold. „Man könnte es an die große Glocke hängen."

„Bist du verrückt?" sagte Schelldorn. „Das ist Verleitung. Dann haben sie mich wieder am Arsch."

„Wann warst du denn zuletzt im Zimmer?"

„Vor zehn Minuten."

Eisolds Blick glitt über Freudlers Bett. Es war zerwühlt wie an allen Abenden. Er erhob sich und lief im Raum umher. „Und wer war vor zehn Minuten auch hier?" fragte er.

„Alle. Freudler, Blohm, Grawe… Scheiße." Schelldorn griff sich an den Kopf.

„Wo sind die jetzt?"

„Im Klubraum. Fernsehen."

„Warst du auch dort?"

„Nein."

„Wieso?"

„Ich war schnell duschen."

„Wusste das jemand?"

„Was?"

„Mensch", sagte Eisold eindringlich, „dass du duschen warst?"

„Muss ich das jedem..." Schelldorn überlegte. „Äh, - ich glaub schon, das könnte möglich sein. Das Handtuch..."

„Bist du als erster raus? Na, ist auch egal. Das bringt nichts mehr." Eisold setzte sich. „Wer kann es haben?"

Schelldorn zwinkerte nervös. „Ich weiß nicht..." Auch sein ratloser Blick wanderte zu Freudlers Bett und Spind. Der war verschlossen.

„Denkst du, was ich denke?" fragte Eisold.

„Was?"

„Nun, wer das Geld haben könnte?"

„Wer denn?"

„Na, wer wohl?"

„Wer?"

„Ja, wer? Freudler vielleicht?"

Schelldorn wirkte unsicher. „Ist er dir vielleicht wohlgesonnen?" fragte Eisold.

Auf dem Flur wurden Schritte laut. Dann öffnete sich die Tür. Freudler trat ein. Er hatte getrunken. „Na, die Herren beim Abendplausch?" Er warf sich auf sein Bett und sah zu ihnen herüber. Schelldorn erwiderte hilflos seinen Blick.

Eisold erhob sich. „Ich werd mal wieder..."

Freudler zog seinen Mund in die Breite und drehte sich auf die andere Seite. „Von mir aus."

Am nächsten Abend kam Eisold wie üblich auf Freudlers Zimmer. Er hatte ein merkwürdiges Gefühl. Schelldorn war ihm tagsüber bei der Ausbildung ausgewichen. Das Geld schien nicht wieder aufgetaucht zu sein.

Alle lagen träge auf den Betten. Briegandt war nicht im Raum. Freudler las in einer Zeitschrift, legte sie aber weg, als Eisold Platz nahm. „Komm mal her, Eisold", sagte Freudler und brachte sich behäbig in Sitzposition.

„Wie her?"

„Na hierher." Freudler klopfte mit der flachen Hand auf die Bettdecke neben sich. Eisold kam der Aufforderung langsam nach. „Was ist?"

„Eisold, du musst Briegandt allmählich dazu bewegen, dass er mir Akkorde beibringt. Er hat dauernd keine Zeit." Freudler lächelte breit.

„Ich will's versuchen."

„Wer Gitarre spielt, hat Schlag bei den Weibern." Wieder sah er Eisold an. Dann fragte er unvermittelt: „Weißt du, wie man eine vergewaltigt?"

„Was?"

„Wie man eine Frau vergewaltigt." Die anderen blickten herüber. Schelldorn wirkte nervös. „Ich kann's dir zeigen", sagte Freudler.

„Ich will's nicht wissen", entgegnete Eisold.

„Doch, komm, ich zeig dir's." Wie versteinert saß Eisold auf der Graudecke. Plötzlich schnellte Freudler hoch, packte Eisold bei den Schultern und warf ihn aufs Bett. Er ließ sich wieder fallen und hielt Eisold noch immer fest.

„Was soll das?" entfuhr es Eisold.

„Ist doch nur Spaß." Freudler grinste. Dann sprang er auf Eisold und presste dessen Arme auf das Bett. Eisold begann sich zu

24

wehren. „Genau so", sagte Freudler mit gepresster Stimme. „Sie kommt nicht mehr weg."

„Hör auf! Was soll der Mist?"

Freudler saß jetzt auf Eisold, legte sich dann auf ihn und begann, sein rechtes Knie zwischen dessen Beine zu schieben. „Siehst du. So kriegst du sie dann auseinander."

Eisold sah sich mit einemmal in die Rolle des Opfers versetzt und rang mit Freudler. Doch der zwängte sein Knie vollständig dazwischen und versuchte, die rechte Hand freizubekommen und mit seiner Linken beide Hände Eisolds zu packen. Das gelang nicht. Freudler rutschte in dem Gemenge ab, und Eisold drückte den massigen Körper zur Seite.

„Tu das nicht", zischte Freudler und kam drohend mit seinem Gesicht nahe an Eisold heran. Eisold hielt inne. Freudler legte sich mit dem Oberleib auf Eisold, der dadurch bewegungsunfähig wurde. „Und dann", sagte er befriedigt, „ist es soweit." Freudler zog die Mundwinkel herab, lehnte sich zurück und bemerkte hämisch: „Steh schon auf. Verstehst keinen Spaß, was?" Er erhob sich. „Geh in den Club", forderte er. „Briegandt soll rüberkommen. Die Bude muss noch gekehrt werden."

Als Briegandt zurückkam, spürte er, dass sich die Situation geändert hatte. Freudler lief unruhig im Zimmer umher. Schelldorn zwinkerte nervös. „Briegandt", sagte Freudler, „wo bleibst du nur? Wie war der Film?"

„Der Film...", begann Briegandt.

„Ja, der Film", unterbrach ihn Freudler. „Der Film, ja, der Film... Weißt du...", in Freudlers Augen glitzerte es gefährlich, „ich hab einen Freund verloren, und du hast einen gewonnen. So spielt das Leben."

„Was für einen Freund?"

Freudler schnellte nach vorn und drängte Briegandt an einen Spind. Dann griff er in den benachbarten Schrank. „Dein neuer Freund ist der Besen." Er nahm das Holz, legte es quer und drückte es Briegandt an die Kehle. „Dass du kleiner Pisser klarsiehst, bei mir hast du keinen Freibrief mit deinem blöden Geklimpere. Ihr Glatten kriegt hier kein Oberwasser." Er würgte sein Gegenüber. Briegandt keuchte. Sein Gesicht lief rot an. Er versuchte, Freudler mit den Beinen abzuwehren. Doch schließlich versagten ihm die Kräfte. Er sackte am Spind zu Boden. Freudler ließ von ihm ab. Briegandt rang nach Atem und schleppte sich zu seinem Bett.

Der folgende Tag verlief ruhig. Schelldorn zeigte sich weiterhin bedeckt. Briegandt erzählte Eisold von dem Vorfall. Sie vermuteten eine Laune Freudlers. Doch sie lagen falsch.

Denn spätabends kam Freudler in Lobachs Zimmer. Eisold und Wellhofer lagen in den Kojen. Lobach saß mit Hohlfeld am Tisch. Die Tür öffnete sich langsam. Freudler trat ein. Er war angetrunken und brabbelte eine Begrüßung in den Raum. Lobach brummte. Er schrieb einen Brief. Freudler richtete seinen Blick langsam nach rechts oben zu Eisold. „Komm runter. Wir müssen was klären." Er rüttelte am Gestell, worauf unten Kramny meckerte, denn er las.

Eisold kletterte herab. Er sah hilfesuchend auf Hohlfeld, der zu seiner Tasse Kaffee griff und den Vorgang beobachtete. Lobach schien sehr bemüht, den Brief zu verfassen. Er blätterte in drei Zetteln und wollte die Reihenfolge des Geschriebenen ordnen.

Eisold stand vor seinem Spind. Wellhofer hatte sich im Bett aufgerichtet. Auch Scholz sah aufmerksam herüber, doch ohne eine Miene zu verziehen. Hohlfeld sah abwechselnd zu Freudler, zu Eisold, zu Lobach und auf dessen Geschreibsel.

Doch da schnellte Freudlers Hand vor, traf Eisold mitten ins Gesicht. Der Schlag schleuderte Eisold rücklings an den Spind. Er rutschte herunter und blieb ängstlich liegen.

Wellhofer blickte ernst zu Lobach. Um Scholz' Mund legte sich ein verbissener Zug. „Freudler", sagte Hohlfeld in seiner präzisen Art. „Mach hier kein Theater. Was ist denn los?"

Freudler war rot vor Zorn, doch nach dem Schlag schon etwas ruhiger. „Ach, Hohlfeld", sagte er schleppend, „ihr habt hier ´n schönes Kuckucksei. Mein lieber Komparse Schelldorn hat´s mir gebeichtet. Ich", er wies auf seine Brust, „soll Schelldorn beklaut haben. Euer Kuckucksei hat mich verdächtigt. - Eisold, Freundchen, du und dein Busenfreund Briegandt, das habt ihr zusammen ausgeheckt..."

„Wir haben das nicht getan", bestritt Eisold in Panik. Nun mischte sich Lobach ein, der seiner Ruhe beraubt war. „Also, Freudler, mach mal halblang." Er sah zu ihm auf. Freudler hatte Respekt vor Lobach. „Erstens", sagte Lobach, „platzt du nicht so einfach rein in die Bude." Er wirkte müde und unkonzentriert. „Zweitens klärt ihr eure Scheiße woanders. In meiner Stube herrscht Ordnung." Dann wandte sich Lobach zu Eisold. „Und dir sag ich auch was. Nur einmal. Ich weiß nicht, was ihr drüben auf Freudlers Zimmer treibt. Mir ist es auch egal. Aber eins, Eisold, musst du berücksichtigen." Lobach sprach plötzlich klar und dozierend. „Wellhofer hat hier die ganze Zeit praktisch alles allein geschmissen, mit der Sauberkeit und so weiter. Das ist mir ebenfalls wurscht. Hauptsache, die Bude ist in Schuss. Aber denk mal drüber nach." Eisold sah zu Wellhofer hoch. Ihre Blicke begegneten sich. Wellhofer schüttelte unmerklich den Kopf. „Eisold", sagte Lobach, „mach dir das Leben nicht schwer. Ich geh morgen in Urlaub. Ich will keinen Ärger. Und du", er sprach wieder zu Freudler, „kümmerst dich um deine Bude. Mit deinen Verrückten hast du doch bestimmt genug zu tun." Dann bedeutete Lobach ihm, Platz zu nehmen. „Komm, trink 'ne Tasse mit", schloss er versöhnlich. Freudler sah mit glasigen Augen zu Eisold und setzte sich. Lobach griff nach den Briefbögen. Eisold kletterte in sein Bett.

„Du musst Meldung machen bei Markwardt", sagte Wellhofer eindringlich zu Eisold. Sie saßen im Fuhrpark, an die Laufrollen eines Panzers gelehnt. Brütende Hitze lastete über den Hallen. „Erst die Sachen mit Briegandt, jetzt du", drängte er nochmals. „Das können wir uns nicht bieten lassen. Wo soll das hinführen? Wer ist der Nächste?"

„Ich weiß nicht", zweifelte Eisold. „Freudler weiß doch, dass ich´s melden könnte."

„Aber er glaubt an deine Angst."

„Er würde sich rächen."

„Ach was..."

Briegandt näherte sich und ließ sich ebenfalls nieder. „Du auch", sagte Wellhofer unvermittelt. „Wir reden grad über dieses Schwein. Ihr müsst das anzeigen. Am besten, ihr geht zusammen zum Alten."

Briegandt überlegte. Er wirkte ermattet. Die Ausbildung und die jüngsten Ereignisse hatten ihm zugesetzt. Die Verhinderung seines Hobbys nahm ihm den Mut. In letzter Zeit kam er selten noch zum Spielen. „Ich denke, es ist sinnlos. Der sitzt einfach am längeren Hebel", meinte er.

„Quatsch", sagte Wellhofer. Er zog sich an der Kette hoch. „Versuchen muss man´s. – Ich geh lieber gleich auch mit." Wellhofer sah hinüber zu Freudler, der auf dem Motorraum seines Panzers herumstieg. „Irgendwas wird sich schon ändern."

Markwardt, der Kompaniechef, war ein Trinker. Er trug eine Brille mit starken Gläsern. Es fiel nicht auf, wenn er abends zuvor getankt hatte. Seine Auftritte beim Appell und bei Stubendurchgängen besaßen fast nazistischen Charakter. Er warf Sachen aus den Spinden, wenn er einen schlechten Tag hatte. Das kam oft vor. Auch eilte ihm der Ruf einer gewissen Brutalität voraus. Alle blieben bei Markwardt vorsichtig. Wenn er die Kompanie abschritt, ahnte keiner, was hinter den funkelnden Brillengläsern vor sich ging und welche Gedanken sein Hirn durchzuckten. Man mied im Allgemeinen direkten Augenkontakt, auch Lobach und die Älteren. Doch mit einer Ausnahme: Gonschorek.

Dieser wusste, was er konnte und war im Hinblick darauf zu Markwardts rechter Hand geworden. Der fähige Gonschorek galt Markwardt als Garant für Erfolge in der Gefechtsausbildung. Er hatte ihn mehr und mehr in die Planungen des Ablaufs einbezogen, praktisch mit den Zugführern gleichgestellt. Das hatte ihren Neid erweckt. Als Offiziere fühlten sie sich zurückgesetzt.

Bei einer fast verkorksten Gefechtsübung war es Gonschorek ehemals durch taktisches Geschick gelungen, die Karre noch aus dem Dreck zu ziehen. Markwardt hatte ihn privilegiert. Seitdem bescherte Gonschorek durch Einfallsreichtum und Führungsqualitäten Markwardt beständig den Ruf der besten Einheit im Regiment. Gonschoreks Macht war stetig gewachsen. Er konnte Dienstpläne umwerfen, neue Ideen einbringen. Er nahm die Sache ernst. Die Zugführer, in Staunen und Lethargie versackt, konnten ihm nicht das Wasser reichen.

Gonschorek war seinem Charakter nach sogar Markwardt überlegen. Was alle zerrissen, zerrüttet und aufgelöst, hatte Gonschorek reifen lassen. Seine Stärke lag in der Pflicht, der Korrektheit, der unmittelbaren Aufgabe.

Denn Markwardt war ein Wrack. Das wusste Gonschorek. Doch konnte er diesbezüglich nichts tun. So nutzte er vorerst dessen Protege. Und lange musste er nicht mehr dienen.

Markwardt ahnte das und beließ es dabei. Er benutzte Gonschorek als Aushängeschild gegenüber der Führung als auch zur Durchsetzung einer Art inneren Justiz. Doch alles konnte dieser nicht klären. Gonschorek kontrollierte seine Kommandanten. Zu mehr blieb kaum Zeit. Deshalb ließen ihn die Vorgänge auf den Zimmern der Fahrer meist kalt.

Sie klopften an Markwardts Tür. Auf seinen dumpfen Ruf hin traten sie ein. Wellhofer machte dienstgemäß Meldung. Markwardts Augen hinter den Gläsern glitten über alle drei hinweg. Er blieb hinter seinem Schreibtisch sitzen und musterte sie geringschätzig. Doch schien er auch ein wenig überrascht. „Die neuen Fahrer. Was haben Sie mir zu sagen, Unteroffizier Wellhofer?"

„Unteroffizier Eisold und Unteroffizier Briegandt möchten etwas zur Anzeige bringen."

„Warum sprechen die Herren nicht für sich?" fragte Markwardt und erhob seinen wuchtigen Körper. Er kam ihnen entgegen. Der Dielenboden knarrte unter seinen Stiefeln. Dann stand er vor Eisold. „Und?"

„Unteroffizier Freudler hat mich geschlagen."

„Wann?"

„Vor vier Tagen."

„Aus welchem Grund?"

„Er war betrunken. Er bezichtigte mich, ich hätte ihn verdächtigt, einen Zimmerkameraden bestohlen zu haben."

„Ist das wahr, Eisold?"

„Nein, Genosse Oberleutnant."

„Wer ist der Kamerad?"

„Unteroffizier Schelldorn."

„Wurde er bestohlen?"

„Ja."

„Was wurde gestohlen?"

„Hundert Mark."

„Ist das Geld wieder aufgetaucht?"

„Nein, Genosse Oberleutnant."

„Haben Sie vielleicht doch Freudler verdächtigt?"

„Nein."

Markwardt trat zu Briegandt. „Was haben Sie vorzubringen, Briegandt?"

„Unteroffizier Freudler hat mich unter der Dusche zusammengeschlagen."

„Aus welchem Grund?"

„Er war der Meinung, ich würde das Zimmer zu spät kehren."

„War es zu spät?"

„Ich wollte nur noch duschen und danach kehren."

„Es war also spät?"

„Er hat mich unter der Dusche geschlagen, Genosse Oberleutnant."

„Das war nicht meine Frage, Briegandt."

„Es war etwas spät."

„Es war also spät. War Freudler zu diesem Zeitpunkt betrunken?"

„Nein."

Wellhofer schüttelte unmerklich den Kopf. Markwardt fragte weiter: „Wie lange ist das her?"

Briegandt überlegte. „Es liegt schon ein paar Wochen zurück. Doch vorgestern hat er mich gewürgt."

„Soso, ein paar Wochen. Und auch noch gewürgt." Markwardt machte kehrt, nahm wieder hinter dem Schreibtisch Platz. „Meine Herren, ich werde aus ihrem Gestammel nicht schlau. Ihre Angaben sind lückenhaft, zusammenhanglos. Immerhin ist Freudler mein Fahrer. Sie kommen gleich zu dritt. Ich werde den Verdacht nicht los, dass hier eine Art Komplott geschmiedet wird. Denunziationen waren mir von jeher ein Greuel. Ich beobachte Sie weiter. Wegtreten." Markwardts Blick wandte sich seinen Akten zu.

Unten knallte die Bataillonstür gegen die Wand. Eisold und Wellhofer schreckten wie üblich hoch. Nachtruhe war längst ausgegeben. Sie hatten für sich und Hohlfeld noch eine Suppe gebrüht. Der Inhalt der Tassen erfüllte den Raum mit seinem Aroma. Sie saßen am Tisch, als Lobach hereinstürzte. Hohlfeld wurde blass. Er kannte seit langem jede Nuance in Lobachs Gesichtsausdruck und wusste sie einzuordnen.

Dann ging alles sehr schnell. Lobach wankte zum Tisch. Ihn störte wohl das friedvolle Bild. Mit einer heftigen Bewegung warf er ihn mitsamt den dampfenden Tassen um. Hohlfeld und die anderen sprangen zurück. „Wie sieht denn dieser elende Schweinestall aus?" brüllte Lobach. Noch bevor Hohlfeld etwas erwidern konnte, packte Lobach einen Stuhl und schleuderte ihn gegen die Decke. Zwei Neonröhren zersprangen, und die Scherben vereinigten sich im plötzlichen Halbdunkel des Zimmers mit der Suppenflüssigkeit.

Kramny und Scholz lagen konsterniert in ihren Betten. Hohlfeld atmete schwer. Lobachs Augen irrten suchend umher und blieben an Wellhofer hängen. Dieser stand an seinen Spind gelehnt, noch immer starr. Zwischen ihm und Lobach befand sich der auf die Platte gefallene Tisch. Langsam tappte Lobach auf Wellhofer zu. Seine Augenbrauen zuckten, die Miene war verzerrt. Er trat den Tisch zur Seite und näherte sich weiter.

Wellhofer löste sich langsam von seinem Spind. Er wirkte mit einemmal ruhig und konzentriert. „Na los, komm schon, Lotte, komm und hau mir in die Fresse. Das willst du doch. Komm her und hau mir richtig in die Fresse. Richtig ordentlich in die Fresse. Na los, komm!"

Lobach schien jetzt irritiert. Die anderen starrten wie gebannt auf das Schauspiel. Keiner wagte einzugreifen. Vor dem kleinen Wellhofer stand wie eine Säule der gewaltige Lobach. Noch ein Schritt – unter Lobachs Schuhen knirschten ein paar Scherben. Dann verlor dieser den Faden der Handlung. Hängenden Kopfes sondierte Lobach plötzlich die Masse aus Suppe und

Bruchstücken auf dem Boden. Er sah sich bedächtig um und bemerkte mit beängstigender Sachlichkeit: „Unteroffizier Eisold, Unteroffizier Wellhofer, in den Trockenraum gehen, Neonleuchten herausschrauben und hier einsetzen." Dann torkelte er zu seinem Spind.

Die beiden entfernten sich. Hohlfeld setzte sich entnervt auf sein Bett. Lobach begann sich seines Schlipses zu entledigen.

Hohlfeld sah zu ihm hinüber. „Lotte, was soll dieser Scheiß?" sagte er halblaut und zögernd. „Du wirst doch die paar Tage hier noch in Ruhe abreißen können..."

„Kaffee!" schrie Lobach und drehte sich brüsk um. Wieder flackerte in seinen Augen diese unbestimmbare Wut. „Hohlfeld, du gehst mir auch schon lange auf die Ketten!"

Doch Hohlfeld ging wider Erwarten auf Lobach zu. Auch er war groß und muskulös, aber ein Feind jeglichen Zanks. „Was ist, Lotte? Du kannst mir ja auch eine in die Schnauze hauen."

Lobach glotzte Hohlfeld an und wandte sich dann ab. Dieser schien enttäuscht. „Lotte, wir haben uns immer gut verstanden, aber das ist großer Mist, was du hier abziehst. Was soll das Theater? Ich kann mich auch nicht so aufführen wie du, ich bin dann noch länger da, wenn du weg bist. Es gibt keinen Grund, jetzt durchzudrehen. Du hast es doch so gewollt. Dann steck das weg wie ein Mann!"

In dieser Nacht wurde nicht mehr gestritten. Eisold und Wellhofer befestigten die Röhren und schafften Ordnung. Scholz beobachtete alles mit eiserner Miene. Kramny las wieder. Lobach warf sich auf sein Bett. Sofort deutete Hohlfeld an, das Licht zu löschen. Im Dunkeln knallte Kramny sein Buch zur Seite. Hohlfeld starrte noch lange auf die Laterne an der

Regimentsstraße. Im Radio dudelte leise Musik. Auf Kramnys Einfluss hatte er keinesfalls hoffen können. Es war sinnlos. Das Zepter würde er ohnehin bald in die Hand bekommen, von ihm und Lobach befreit.

Die meisten der Kompanie waren auf Wache gezogen. Gonschorek machte es sichtlich Spaß, seine Truppe zu formieren und zu befehligen. Bei ihm gab es keine Gnade. Alles lief reibungslos. Die Mannschaft hielt sich wacher, aufmerksamer, diensteifrig.

Auf den Fluren der Ersten herrschte Ruhe. Nur wenige waren in den Räumen dienstfrei zurückgeblieben, Lobach, Freudler, Scholz und ein paar Gefreite.

Die Stille war trügerisch. In seinem Zimmer betrank sich Lobach. Langeweile erfasste ihn, Wehmut und Zorn. Die verbleibenden Tage drückten.

Scholz kehrte gegen Abend aus dem Fuhrpark zurück. Er hatte lange am Panzer herumrepariert. Als er sich die verdreckte Schwarzkombi vom Leib zog, reagierte Lobach mit Unwillen. „Versau mir nicht die Bude, sonst rückst du heute noch die Schränke ab." Er musterte Scholz abschätzend und drehte die Wodkaflasche in den Händen. Sorgfältig räumte Scholz die ölige Kleidung weg und nahm keinerlei Notiz, weder von der Äußerung noch von der Anwesenheit Lobachs.

Auf dem Weg zur Dusche überlegte Scholz. Er hatte ein ganzes Jahr die Bude allein in Schuss gehalten. Als Einziger im vierten Diensthalbjahr war er ohne Kompagnon hin- und hergeschubst worden Nun mit Eisold und Wellhofer glaubte er die Drangsal hinter sich. Doch er wusste, Lobach konnte ihn nicht ausstehen.

Scholz' Wortkargheit und das stumme Beobachten der Vorgänge waren Lobach zuwider.

Als Scholz ins Zimmer kam, stierte ihn Lobach erneut provokativ an. Scholz wich dem glasigen Blick aus. „Na, was hältst du davon, Scholz? Die Glatten sind nicht da. Wer macht jetzt die Bude?" Scholz gab keine Antwort und kramte in seinem Spind. Langsam erhob sich Lobach. Dann stand er vor Scholz. „Ich rede mit dir. Was ist?"

„Die Bude ist sauber", sagte Scholz.

„Wenn ich will, machst du sie sauber."

„Ich muss mir diese Schikanen nicht bieten lassen." Scholz sah Lobach an, ohne mit der Wimper zu zucken. Trotz seiner Betrunkenheit schlug Lobach blitzschnell zu. Scholz taumelte und fing sich.

Im selben Moment klopfte es, und Freudler trat ein. Er schaute auf Lobach und merkte sofort, was die Glocke geschlagen hatte. Scholz begann unverzüglich wieder in seinem Spind zu hantieren, die neue Situation ausnutzend. Er entnahm einem Fach den grünen Behälter, der das Essbesteck enthielt. Das laute Klappern der Utensilien irritierte Lobach. Er glotzte von Scholz zu Freudler. Dann sah er rot. Er schlug Scholz das Behältnis aus der Hand.

„Was soll denn das?" fragte Scholz, jetzt auch gereizt.

„Was das soll?" brüllte Lobach. Er trat das grüne Etui gegen den Spind. Der Inhalt verteilte sich auf dem Boden.

Freudler, noch unbeweglich an der Tür harrend, bemerkte: „Na, Lotte, ich hau mal lieber wieder ab. Bei mir drüben ist's ruhiger."

„Du gehst mir auch schon lange auf den Sack", brach es aus Lobach. „Was mischst du dich hier ein?" Er bückte sich und griff nach der Besteckgabel. „Ich hab die Schnauze voll mit euch Arschlöchern. Ich will meine Ruhe haben. Verschwindet, ihr blöden Schweine, ich... – ich stech euch ab. Ich hab's satt!" Lobach schwankte, dann hob er die Rechte mit der Gabel und stürzte vor. Doch diesmal war er zu langsam. Scholz duckte sich unter ihm hinweg, eilte zur Tür und floh mit Freudler auf den Flur. Das brachte Lobach vollends in Rage. Er eilte hinterher, knallte von einem Bettgestell ans andere, stieß die Tür auf und wankte hinaus. Tobend verfolgte er die beiden bis zum Eingang des Bataillons. Dort wichen Scholz und Freudler auseinander, teilten sich, um Lobach die Entscheidung zu erschweren.

Mittlerweile waren durch den Lärm die restlichen Gefreiten aus den einzelnen Zimmern getreten, was Lobach noch nervöser machte. Er glaubte sich von Feinden umgeben. Blohm, UvD an diesem Abend, reagierte sofort und rief die Wache an. Er wusste Gonschorek im Wachlokal. Der Augenfehler verlieh seinem angstverzerrten Gesicht einen grotesken Ausdruck. Blohm zog sich in eine Ecke des UvD-Glaskastens zurück, unfähig zu weiteren Entschlüssen.

Unterdessen stach Lobach wild mit seiner Gabel umher, ohne jemanden ernsthaft zu verletzen. Alles wich vor ihm zurück. Selbst Freudler glaubte sich außerstande, ihm die Waffe aus der Hand zu schlagen.

Plötzlich wurde die Bataillonstür aufgestoßen. In voller Montur erschien Gonschorek, erfasste mit einem Blick die Lage und wies zwei ihm folgende kräftige Gefreite an, Lobach von beiden Seiten in die Zange zu nehmen. Die Maschinenpistole als eine Art Knüttel verwendend, drängten sie Lobach in einen Winkel.

Gonschorek trat mitten auf ihn zu. „Lotte, lass die Gabel fallen!"
Schweratmend, schien Lobach noch immer zu einem Ausfall
fähig.

„Unteroffizier Lobach!" drang schneidend Gonschoreks Stimme
durch den Flur. Die verängstigten Zeugen hatten sich beim UvD
versammelt.

Lobach ließ die Gabel fallen. „Arretieren!" befahl Gonschorek.
Die Gefreiten drehten Lobach die Arme auf den Rücken. Dann
führten sie ihn ab. Er zeigte kein Zeichen der Gegenwehr.

„Blohm", sagte Gonschorek. „Lass Ruhe eintreten. Ich klär das
ab. Mach dir keine Sorgen." Die Bataillonstür schloss sich hinter
ihm.

Markwardt, der am nächsten Morgen eintraf, nahm den Vorfall
eiskalt zur Kenntnis. Seine Kompanie hatte Wache. Er ließ sich
von Gonschorek Meldung erstatten und gab seiner
Handlungsweise recht. Doch er protegierte unverzüglich nach
ganz oben, und gegen neun wurde Lobach in die Einheit zurück
entlassen.

Im Clubraum der Kompanie hatten sich alle Fahrer und
Kommandanten versammelt. Die Augen Markwardts hinter den
Brillengläsern glitten über die Umsitzenden hinweg. „Die
Aufgabe…" Seine Stimme und das darauffolgende Schweigen
lähmte sie bis in den letzten Zimmerwinkel. „Die Aufgabe eines
Unteroffiziers ist es, seinen Untergebenen ein Vorbild zu sein, sie
zu führen, anzuleiten und ihnen das bereits erworbene Wissen
zu vermitteln. Ein Unteroffizier", Markwardt stützte sich mit den
Händen auf dem Tisch ab, „muss doppelt so gut und viel härter

sein als jeder Soldat. Er muss vorangehen, muss Beispiel sein für Kampfgeist und Durchsetzungsvermögen. Er gehört zur Korporalschaft." Wieder ließ Markwardt eine Pause eintreten. „Offensichtlich wird das mitunter vergessen... Unteroffizier Lobach gilt als einer unserer besten Fahrer. Er ist im letzten Diensthalbjahr. Vermutlich ist ihm das zu Kopf gestiegen!" Der Kompaniechef wurde lauter. Lobach errötete. Er saß in der ersten Reihe.

„Meine Truppe besitzt nicht umsonst den Ruf, die beste im Regiment zu sein", fuhr Markwardt fort. „Ich lass mir das nicht kaputtmachen. Ich kann nicht Tag und Nacht in diesen heiligen Hallen zubringen. Aus diesem Grund schlage ich vor, dass das Korps hier und jetzt darüber befindet, ob es eine Bürgschaft für Unteroffizier Lobach übernehmen kann. Unteroffizier Gonschorek hat das Wort!" Markwardt setzte sich.

Gonschorek erhob sich, zog seine Uniform zurecht und trat gelassen vor. „Genossen! Wie unser Kompaniechef bemerkt hat, ist Unteroffizier Lobach eine der Stützen unserer Einheit. Als glänzender Fahrer, der alle Tricks und Kniffe kennt und ansonsten mit Wissen und Hilfe zur Seite steht, hat er bisher der Truppe Ehre gemacht. Mir ist eins schon klar; ich brauche nur die Genossen Freudler und Hohlfeld anzusehen, um zu begreifen, was für Mühen und Verantwortung ein Panzerfahrer ausgesetzt ist. – Nun ist es nicht so, dass ich als Entlassungskandidat und langjähriger Kamerad des Genossen Lobach um gut Wetter für ihn bitten will; ich", Gonschorek hob die Stimme, „habe als Unteroffizier mit den Konsequenzen einer dreijährigen Dienstzeit gerechnet. Es ist sicher kein Spaziergang. Ja, und nun, angesichts einer nicht mehr langen Dauer meiner Pflichten scheint es mir umso leichter, die verbleibenden Obliegenheiten zu erfüllen. – Aber ich hoffe nicht nur, sondern sehe es als sicher an, dass Genosse Lobach die noch vor ihm liegenden Tage der Aufgaben ohne Vorkommnisse hinter sich bringen wird. Das ist er uns schuldig und hat Besserung gelobt."

Gonschorek sah sich kurz zu Markwardt um. „Deshalb bitte ich die Anwesenden um ein Votum, für Unteroffizier Lobach die Bürgschaft zu übernehmen, damit der unleidige Vorfall nicht ganz oben ins Rampenlicht gerät."

Plötzlich meldete sich Scholz. Gonschorek wies auf ihn. „Genosse Scholz?"

„Gehe ich recht in der Annahme, dass ein Bürge für das bezahlt, was derjenige, für den man bürgt, verzapft?"

Gonschorek war auf diese Frage nicht gefasst. Auch Markwardt hob seinen Kopf. „Nun, das ist natürlich an dem", sagte Gonschorek, „doch ich denke, wenn man die Last dieser Bürgschaft auf alle Schultern verteilt... Wir müssen...", er geriet aus dem Konzept, „wir müssen, und dieser Appell ergeht an jeden im Raum, den Nimbus der besten Kompanie aufrechterhalten. Ich erteile jetzt Unteroffizier Lobach das Wort."

Lobach erhob sich. Er wirkte hilflos und plump, nicht gewalttätig und unberechenbar. „Ich - habe unbesonnen gehandelt, das muss ich zugestehn. Vorfälle dieser Art wird es in Zukunft nicht mehr geben. Während des Rests meiner Dienstzeit verhalte ich mich als pflichtgetreuer Unteroffizier. Das verspreche ich."

Lobach kratzte sich am Kopf.

Gonschorek nickte und sah auf seine Uhr. „Ich bitte nun um das Votum. Wer ist dafür, die Bürgschaft zu übernehmen?" Nach kurzem Zögern hoben die Anwesenden den rechten Arm.

40

Gonschorek sondierte die Anzahl der Handzeichen. „Gegenstimmen?" fragte er. Eine Hand schob sich empor. „Eine Gegenstimme!" konstatierte Gonschorek.

In die Reihen des Korps kam Unruhe. Markwardt trat hinter dem Tisch hervor. „Unteroffizier Scholz!" sagte er. „Kann ich den Grund für ihr Dagegenhalten erfahren?"

Scholz stand auf. „Ich bin mit Unteroffizier Lobach seit fast anderthalb Jahren auf dem Zimmer gewesen. Ich kenne ihn genau. Ich kann für eine Wiederholung seines Verhaltens nicht garantieren und sähe in meiner Bürgschaft einen Widerstreit mit meinem Gewissen." Er setzte sich.

„Nun", folgerte Markwardt, „halten wir also für das Protokoll fest: Mit einer Stimmenmehrheit wird eine Bürgschaft für Unteroffizier Lobach von der Kompanie übernommen. Die Versammlung ist geschlossen."

Markwardt, Vorzeigeoffizier des Regiments, Vorgesetzter der besten Einheit, gleichermaßen geachtet und gefürchtet, war als trinkfester Mensch bekannt. Gerüchten zufolge schien seine Ehe bröckelig, was man den zahlreichen Besuchen der Kantine entnehmen konnte, die sich im Objekt befand und mit Ausgangskarte auch für Armeeangehörige niederen Ranges zugänglich war.

Viele Offiziere frönten in der Absteige dem Alkohol. Ein Großteil dieser Führungskräfte logierte in einem Wohnheim, das außerhalb des Regiments lag, nicht weit entfernt vor dem Tor. Es waren die Ledigen und jene, die in Ruhe auf den Zimmern Papiere und Dienstanweisungen bearbeiten wollten.

Bruchstückhaft sickerte durch, dass diese Offiziere in ihren Wohnungen ein lotterhaftes Dasein führten. Von oberer Stelle wurden ab und an Stichproben im Heim angeordnet und abgrundtiefe Schlampereien festgestellt. Man maßregelte die Betreffenden. Sie fingen Wachen und Dienste. Solcherlei Strafen waren sinnlos.

Die Wurzel des Übels lag tiefer. Von oben und unten unter Druck gesetzt, mit einer langen Dienstzeit vor Augen und ohne grundlegende Änderung der bestehenden Verhältnisse rutschten sie ab. Gereizt, unfähig, der EK-Bewegung einen Riegel vorzuschieben, was ständige Präsenz bedeutet hätte, nahmen viele ihren Dienst auf die leichte Schulter, versahen ihn halbherzig und überließen ihre Züge und Kompanien der Selbstjustiz. Gelegentliches Durchgreifen brachte nur begrenzt Ruhe, und die Erfolge in der Ausbildung schienen das einzige, was man sich ans Revers heften konnte.

So geriet selbst Markwardt in die Mühlen seiner Hierarchie.

Dumpfe Hitze brütete am späten Abend noch über den Kasernen, als Markwardt aus der Kantine trat. Er hatte seine Mütze leger aus der Stirn geschoben. Angetrunken und unzufrieden über den Verlauf der letzten Wochen legte er den kiesbestreuten Weg zurück, der zum OvD-Gebäude führte.

Ein Soldat kam ihm entgegen, grüßte und lief vorüber. Doch Markwardt hatte einen Moment nicht achtgegeben. Zu sehr war er in seine zornigen Überlegungen vertieft. Das Vorbeigehen nur schemenhaft wahrgenommen, drehte sich Markwardt abrupt um.

„Soldat!"

Ein kurzer Blick des Angesprochenen auf die Schulterstücke. Erneuter Gruß. „Genosse Oberleutnant?"

„Wieso erweisen Sie mir nicht die Ehrenbezeigung?" fragte Markwardt.

„Ich habe Ihnen die Ehrenbezeigung im Vorbeigehen erwiesen", beteuerte der Soldat.

„Nein, das haben Sie nicht", sagte Markwardt und ging auf den Verharrenden zu.

Verunsichert, die linke Hand an der Hosennaht, wiederholte der Soldat den Gruß. „Genosse Oberleutnant, ich habe Sie wirklich im Vorübergehen... Sie haben es nicht gesehen."

Alles hatte sich in Markwardt angestaut. Die Sturheit dieses Soldaten, dessen Aufbegehren, brachte ihn auf. Unvermittelt schlug er zu. Der Hieb brach das Nasenbein und fällte den Getroffenen. „Diese Unverschämtheiten lasse ich mir nicht bieten. Merken Sie sich das für die Zukunft, Soldat!" Markwardt stand noch kurz etwas taumelnd vor seinem Opfer, wandte sich dann ab und setzte seinen Weg fort.

Das OvD-Gebäude war nicht weit. Der Soldat schleppte sich noch bis in das Zimmer des an diesem Abend verantwortlichen Offiziers im Regiment und erstattete Bericht. -

Markwardt rauchte an der Bushaltestelle eine Zigarette, als die Posten kamen. Er erkannte in der Person des OvD keinen Verwandten seiner Methoden. -

Ein neuer Kompaniechef, ein beleibter Hauptmann wurde aus dem Stab des Bataillons abberufen. Gonschorek nahm es gelassen. Er war bekannt für Anpassung.

„Gang einlegen!" Im Kopfhörer knackte es. Eisolds Rechte rammte den Hebel nach vorn. „Vorrr-wärts!" kam der Befehl. Eisold trat auf das Gaspedal. Aufheulend setzte sich der Panzer in Bewegung. Vor den Winkelspiegeln glitt der staubige deformierte Boden unter ihm hinweg.

Eisold schaltete hoch. Gerade Strecke. Schneller Blick auf Druck, Öl- und Wassertemperatur.

„Minenfeld", klang es im Kopfhörer. Runterschalten. Eisold hielt sich mehr links und überwand die Pfähle, die nur zentimeterhoch aus dem Erdreich ragten.

„Fehlerfrei." Wieder hochschalten.

„Linkskurve. Panzergraben." Eisold sah die Senke. Herunterschalten in den ersten Gang. Gas weg. Fallenlassen des Panzers in die Grube. Schwarzer Boden im Winkelspiegel. Aufsetzen. Am Grund Vollgas. Himmel im Winkelspiegel. Hocharbeiten des Fahrzeugs. Gas weg. Absenken.

„Überwunden." Wieder die Stimme im Kopfhörer.

Blick auf die Armaturen. „Acht, siebzig, siebzig."

„Okay." Hochschalten. „Rechtskurve. Dann Spurbrücke." Von weitem wahrnehmbar die Planken der Auffahrt. Maßnehmen. Links halten. Gerade. Und hoch. Nicht lenken. Und runter.

„Überwunden."

„Acht, siebzig, fünfundsiebzig."

„Gut. Linkskurve…" -

Im Ziel angekommen. „Eisold, zu langsam. In einer halben Stunde noch mal." Eisold öffnete die Fahrerluke und riss sich die Kopfhaube herunter.

Der Leutnant auf dem Turm legte die Stirn in Falten. „Das muss besser werden." Wellhofer bestieg den Panzer. Ihre Blicke

44

begegneten sich. Doch diese Augen kannte Eisold nicht von jeher. Lobach hielt sich etwas abseits auf. Es ging um Bestmarken, Konkurrenz, um das Bestehen der halbjährlichen Fahrprüfungen.

Hohlfeld trat hinzu. „Eisold, du musst die Strecke in Gedanken durchgehen. Gib Gas. Immer Gas. Anders geht's nicht. Denk an morgen nacht. Da bist du allein."

Die Lastwagen arbeiteten sich durch die Finsternis. Eisold musterte auf der Ladefläche die Umsitzenden. Briegandt hockte zwei Mann neben ihm links. Im Licht der Straßenlaternen war dessen bleiches Gesicht zu erkennen.

Die Wagen bremsten, hielten. „Absitzen!" Im Schein des Mondes wurde das zerklüftete, Schatten werfende Übungsgelände sichtbar, fremd und feindlich. –

Eisold bestieg den Panzer. Wabernde Wärme empfing ihn. Die Fahrer wechselten sich ab.

Luke schließen. Das Startzeichen. Eisold trat auf das Gas. Dunkel und drohend schob sich die Erde hinter ihn. Die Umgebung war durch das Nachtsichtgerät in grünliches Licht getaucht. Noch sah Eisold den zermalmten, von Kettenspuren gezeichneten Weg. Er presste seine Augen an die Gummierung des Sichtgeräts. Immer auf der Piste bleiben. Jetzt half niemand.

Hochschalten. Gerade Strecke. Nervöser Blick auf die Temperaturen. Da war das Minenfeld. Links halten. Drüberweg. Hochschalten.

Irgendwo musste nun der Panzergraben kommen. Wo war die Piste? Links, links. Die Piste. Runterschalten. Da, die Senke. Eisold trat der Schweiß auf Wangen. Die Kopfhaube drückte. Die

Grube, schon vor dem Bug. Bremsen, runterschalten, absenken, Gas, und hoch, hoch. Aufsetzen. Das Fahrzeug schlug hart auf. Eisold flog von der Gummierung zurück und wieder heran.

Blick auf Druck und Temperatur. Angestiegen. Eisold geriet in Panik. Doch, die Runde musste der Bock noch durchhalten. Wo war die Piste? Unbefahrenes Gelände. Vielleicht rechts, rechts. Kettenspuren, Gott sei Dank.

Hochschalten. Und Gas, Gas. Wo blieb die Spurbrücke? Das musste doch alles schneller gehen. Die Temperatur stieg weiter. Jetzt, dort, die Spurbrücke. Und hoch, nicht lenken, und runter. Hochschalten. Die Piste, wo war sie? Mist, erneut unbefahrenes Gelände. Rechts, weiter, nein, links. Nichts deutete auf formierten Boden. Eisold fluchte. War er im Kreis gefahren? Er wischte sich über die Augen. Der Schweiß brannte. Da, die Piste. Und plötzlich sah er die Spurbrücke. Mit Vollgas wendete Eisold, fuhr weiter und schaltete hoch. Die Piste nicht aus den Augen verlieren. Immer Gas geben. Hinter einem Hügel erblickte er kurz die Lichter des Kommandoturms. –

Die Lampen, das Ziel. Bremsen, Zeitnahme, Luke auf, aussteigen, Kopfhaube runter, in den Dreck. Mit verzerrtem Gesicht wankte Eisold zur Seite. Schon war der Technische Assistent zur Stelle. „Temperaturen?"

„Zu hoch!" Eisold rieb sich den Schädel. Briegandt bestieg den Panzer.

„Tausend Umdrehungen einstellen!" schnodderte der TA. „Laufen lassen, warten." Er beugte sich über die Luke. Briegandt verharrte im Innern mit angespannter Miene. Er sah zu Eisold über den Lukenrand. Sie wussten, dass sie so lange über das Parcour mussten, bis die Zeiten saßen.

Auf dem Zimmer brühte Hohlfeld gelassen Kaffee. Auch Lobach saß ruhig und ausgeglichen am Tisch und ordnete Briefe. Wellhofer und Eisold hockten nach dem Duschen konsterniert auf ihren Stühlen, ausgebrannt wie nach einem langen Gefecht. Wie wäre es wohl nach einem tatsächlichen Kampf, mit Verletzten und Toten? Eisold wagte nicht daran zu denken. Natürlich, die Spreu würde sich vom Weizen trennen.

Er beobachtete Lobachs und Hohlfelds Bewegungen mit Bewunderung und Ehrfurcht. Hohlfeld schien es bemerkt zu haben. Er schob ihnen die Tassen hin. „Was ist los? Total fertig, was? Ja, so ist das in der Truppe. Hier geht's bisschen anders lang. Aber das lernt ihr schon noch. Ihr müsst mit dem Panzer fahren, nicht er mit euch."

Dankbar schlürften sie das Gebräu. Zum ersten Mal stellte sich ein Gefühl für Verbrüderung und Kameradschaft ein.

Unten knallte die Bataillonstür an die Wand. Wieder sah Eisold zu Wellhofer hinüber. Hohlfeld warf Scholz einen wachsamen Blick zu. Kramny legte sein Buch weg. Die Uhr zeigte viertel nach elf.

Doch diesmal war alles anders. Als Lobach eintrat, völlig betrunken, sich kaum auf den Beinen haltend, blieb er im Türrahmen stehen. Er sah sich mit glasigen Augen Hilfe suchend um. Hohlfeld erhob sich und ging langsam zur Tür. Väterlich bugsierte er Lobach in den Raum und schloss sie. „Lotte, was ist los? Leg dich hin, wir machen noch einen Kaffee." Lobach hob seinen dicken Kopf und starrte Hohlfeld lange an. Er bemühte sich mit Bedacht, zu seinem Bett zu gehen. Hohlfeld stützte ihn ein paar Schritte. Plötzlich entglitt ihm Lobach. Er fiel wie ein Sack Zement. Im Sitzen sah Lobach im Zimmer umher.

Alle hatten sich dem am Boden Lagernden zugewandt. Eisold bemerkte, dass aus Lobachs Mundwinkel ein Essensrest herabhing. Ekel ergriff ihn. Hohlfeld wollte Lobach aufraffen, doch der wehrte sacht die Bewegung ab. „Nein - nein - nein", lallte er mit kindlicher Stimme. „Du sollst mir nicht helfen." Seine Augen suchten und fanden Wellhofer. „Wellhofer! Hilf du mir. Wir sind doch Kumpels." Aus Lobach sprach weder Zynismus noch verhaltener Zorn, sondern erschreckende Infantilität.

Wellhofer verließ seine Koje. Er schaute zu Eisold, der ebenfalls herabglitt. Auf Scholz' Gesicht war Verblüffung zu lesen. Kramny nestelte nervös an seinen Laken. Mit eiserner Ruhe beobachtete Hohlfeld, wie die beiden Lobach hochzerrten, der noch im Sitzen schwankte. Sie hievten ihn in sein Bett. „Mensch, ihr seid doch Kerle hier geworden, was?" brummelte Lobach und fiel kurz darauf in bleiernen Schlaf.

Scholz drehte sich angewidert zur Wand und Kramny glotzte. Hohlfeld stand immer noch wie eine Statue im Raum. Dann schnarrte er Wellhofer an: „Jetzt wird hier Ruhe geblasen." Er schien irritiert und fühlte, dass Lobach die Vorgänge nicht mehr interessierten, dass er das Zepter auf eine merkwürdige Weise in die Hand bekam. –

In der Nacht blickte Hohlfeld wieder auf die Laternen der Regimentsstraße und wälzte sich von einer Seite auf die andere. Zwei Jahre hatte er mit Lobach verbracht, vor dessen Augen sechs Monate die Bude gesäubert, und in der Hierarchie war er unaufhaltsam gestiegen. Sein Wirken und Handeln hatte Früchte getragen für ihn selbst. Auch seine körperliche Kraft war ihm von

Nutzen gewesen. Hohlfeld und Einschüchterung, das passte nicht zusammen.

Er würde nach Lobach regieren, anders, mit Respekt und Ordnung, mit Gerechtigkeit. Grundsätzlich hatte er sich mit Lobach verstanden. Die Reviere und Handlungsspielräume waren stets abgesteckt.

Doch nun überfielen ihn Frustration und Einsamkeit. Man würde ein Glied aus der Kette reißen, kam es Hohlfeld mit lähmender Plötzlichkeit zu Bewusstsein. Wie lange war er mit Lobach hier einquartiert, eingesperrt gewesen, wie man es auch nennen mochte? Auf engstem Raum, mit jedem Tag die Stärken und Schwächen besser und genauer kennen lernend, hatte er Ärger mit Lobach gehabt und auch einträchtige Stunden. Nun würde Lobach gehen. Das erschütterte Hohlfeld. Doch er würde sich fangen, sich fügen müssen, sich anpassen, wieder Gewalt über sich bekommen, andere seinem Rhythmus unterordnen, seine Gewohnheiten einbringen, ein halbes Jahr noch. Dann würde man ihn hier ebenfalls entwurzeln.

Und Hohlfeld wurde klar, dass er sich einer zweijährigen Freundschaft hingegeben hatte, die der Mühe bedurfte, aber der Mühe nicht wert war. Lobach war ein gebrochener Mensch und alles hier das Resultat einer Notwendigkeit.

Das Licht der Lampen im Fuhrpark und die riesigen geschlossenen Stahltore, hinter denen sich die Panzer verbargen, strahlten Kälte aus. Eisold schob Wache. Die verlegten Platten vor den Hallen wirkten steril. Alles war geordnet, gezählt, gekehrt und systematisch. Erneut addierte Eisold bei diesem Postengang die Tore und die Betonplatten zu einer sinnlosen Summe, wobei er die Wachsamkeit für die Umgebung vergaß und die Uhrzeit wichtiger schien als alles andere.

Sternbild Orion war deutlich zu erkennen.

Wieviel Zeit war vergangen, seit sie in der Truppe waren? Wieviel Zeit lag noch vor ihnen? Eisold zählte die Tage. Er griff in den Drahtzaun und sah hinüber zum niedrigen Gebäude des Diensthabenden Park, der im Schein einer kleinen Leuchte am Schreibtisch saß, mehr zu ahnen als sichtbar.

Eisold dachte an Briegandt, an die letzte Gefechtsübung, den langen Marsch in Kolonne. Sie hatten sich Panzer um Panzer durch Senken, flaches Gelände, über Steigungen gewälzt, das schwarze Tuch über das Gesicht gezogen, vor den Augen die Brille. Der Staub drang durch alle Ritzen, in jeden Winkel; er gelangte in den Nacken, unter die Kopfhaube, zwischen Tuch und Gesicht, Brille und Stirn. Bei offener Luke war die Kombi völlig von feinem Sand bedeckt. Kilometer um Kilometer schob sich die Kolonne wie ein donnernder Lindwurm am Rand des Kiefernwalds entlang. Jedes Fahrzeug grub die Spur tiefer ins Erdreich, trieb die Schneise breiter und größer.

Briegandt hatte Gas gegeben, wie alle, quälte sich vorwärts, um nicht den Anschluss zu verlieren. Ständige Blicke auf die Temperaturen, das Arbeiten mit Kupplung und Bremse, das Rucken an den Lenkhebeln, permanentes Zurechtweisen per Funk durch den Kommandanten, der Staub, der wirbelnd über die Schneise zog, hatten aus Briegandt ein Rad im Getriebe gemacht, ein zuckendes, gepeinigtes Bündel aus Nerven und mechanischen Bewegungen. Die Kombination klebte am Körper. Hitze lastete über dem Wald.

50

Dann – irgendetwas hatte vorn den Fluss ins Stocken gebracht, ein liegengebliebener Panzer, ein Befehl. Im Staubgewühl war der Vordermann nur zu ahnen. Die schneidende erschreckte Stimme aus dem Kopfhörer: „Halt, halt – anhaalten!" Briegandt, noch im Wahn des Vorwärtstriebs, konnte kaum reagieren. „Sofort Stop!" brüllte der Kommandant. Briegandt trat die Bremse. Das Fahrzeug hielt abrupt, brachte sich schwankend in Ruhelage.

Der Staub verzog sich langsam. Briegandt sah kurz vor seinem Bug die Ketten des vorausgefahrenen Panzers, der ebenfalls stand. Sein Blick glitt hoch zur Kanone. Der Bruchteil einer Sekunde hatte ihn bewahrt. Er wurde blass, drückte sich aus dem Fahrerraum. Dann ließ er sich am Rand der Schneise fallen, zerrte das Tuch vom Mund und fingerte zitternd nach seinen Zigaretten.

Auch der Leutnant des vor ihm stehenden Fahrzeugs, auf dem Rand der Kommandantenluke sitzend, grau im Gesicht, sah das Rohr der Kanone einen halben Meter hinter sich. Briegandt hielt seinen Kopf in den Händen vergraben.

Schon waren Lobach und Freudler da, verschafften sich ein Bild. Der Leutnant begann mit der Tirade, schreiend und konfus. Freudler redete beruhigend auf Briegandt ein. Lobach fertigte den Offizier kurz und bündig ab.

Entnervt drehte sich der Leutnant um. Von vorn war der Befehl zum Fortsetzen der Fahrt gekommen.

„Um den wär's nicht schade gewesen", hatte Freudler gegrinst.

Eines Nachts hielten Lastwagen vorm Objekt. Gestalten mit Klamottensäcken sprangen von den Ladeflächen. Die

Angekommenen wurden vorübergehend in den Stäben untergebracht.

Natürlich wussten es alle; natürlich hatte man gewartet. Doch Eisold wurde plötzlich bewusst, dass sie nicht mehr die Neuen waren. Sollte man anders auftreten? Vielleicht nur Wissen vermitteln, was man selbst eingebleut bekommen hatte? Sollte man sich diese Distanz eines halben Jahres spürbar anmerken lassen? Wollte er das?

Eisold dachte an Scholz, der mehr und Schlimmeres hinter sich hatte. Er dachte an Schelldorn. Wie würde der die Neuen empfangen? War es ein ewiger Kreislauf?

Es kam unerwartet. Erst der Entlassungsappell. Traditionelle Verlesung der Kandidaten. Das Bataillon im Karree. Eisold, Wellhofer und Briegandt als Hinterbänkler. Wie lange dauern drei Jahre? Ihnen fiel der emotionslose schweigsame Meichert ein, der sie hier eingeführt hatte.

Nun gingen Lobach, Gonschorek, Kramny und noch andere Gefreite. Mit einem Schlag würden sie weg sein, ihre Worte, ihre Präsenz, mit ihnen eingeschliffene Gewohnheiten verschwinden, Rituale, insofern der Nachfolger auf der Stube sie nicht uneingeschränkt beibehielt. Doch allenthalben würden sich viele Dinge verändern, Machtverhältnisse sich verschieben, Hierarchien, wie durch einen Zauber, wie nach einer Revolution, Protagonisten nachrücken, aus dem Schatten hervortreten ins Licht, mit einemmal gesehen, beachtet, respektiert, vielleicht gefürchtet, um Stufen höher gestiegen.

Wie kann es berühren, wenn verhasste Menschen das Terrain verlassen? Weil man Tag und Nacht mit ihnen auf dem Zimmer verbrachte? Weil man Lästiges und Beängstigendes nach gewisser Zeit als normal empfunden hatte? Oder weil man den, der diese Last aufbürdete und Angst verbreitete, nicht anders sah, ihn nahm, wie er war?

Eisold wusste, dass Lobach Frau und Kind hatte. Sie ahnten wohl nichts von seinen Entgleisungen und Erniedrigungen.

Die Überraschung war, dass sie alle drei versetzt wurden. Eisold, Briegandt und Wellhofer verlegte man in das zweite Bataillon, hundert Meter entfernt. Andere Vorgesetzte, andere Kameraden. Eine Zäsur, an die sie nie gedacht hatten. Als äußerst günstiger Umstand aber erwies sich die Einquartierung des Trios auf ein gemeinsames Zimmer. Sie bildeten die Fahrer eines Zuges. Zum ersten Mal waren sie unter sich, leckten ihre Wunden, sprachen sich aus, solidarisierten sich, um allem Kommenden zu trotzen und standzuhalten.

Das Stubenleben war ruhig; sie säuberten das Zimmer gemeinsam, ordneten ihre Gedanken und Gefühle. Und endlich blieb ihnen ein gewisses Quantum Freizeit, das sie im letzten Halbjahr fast nie ausgekostet hatten. Gefahr konnte nur von außen drohen. An Stellenwert schien nicht viel gewonnen. Edelbrut genannt, nach einem Jahr noch nichts zu melden, war man nur den Neuen überlegen.

Briegandt spielte wieder Gitarre, mit befreiter Inbrunst. Eisold las viel, Wellhofer schrieb unentwegt Briefe.

Auch Hessel war mit in ihr Bataillon versetzt worden, auch diesmal eine Etage höher. Drei andere Fahrer des gleichen Diensthalbjahres beruhigten sie mit ihrer Anwesenheit. Einer von ihnen, Benniger, war von der Unteroffiziersschule her bekannt.

Die älteren Fahrer, die sich auf die restlichen Zimmer verteilten, wirkten ausgeglichen.

In dieser Kompanie lag der Unruheherd bei zwei Kommandanten. Und Zukowski, ihr Kompaniechef, schien ein Zerrbild Markwardts zu sein.

Die Panzerführer Winter und Bellroth, aus demselben Holz geschnitzt wie Freudler und Lobach, nicht minder gefährlich, glichen Eisolds ehemaligen Peinigern in Ergänzung und Statur fast aufs Haar. Bellroth, beleibt, doch beweglich, boshaft und zynisch, war der Stubenälteste auf der Kommandantenbude. Winter, athletisch gebaut, für jede Gemeinheit zu haben, im gleichen Diensthalbjahr, galt als sein Handlanger. Sie handelten stets gemeinsam.

Doch nun traf es andere. Gleichzeitig mit Eisolds Versetzung waren zwei neue Kommandanten eingetroffen, die sich ebenfalls sehr unterschieden.

Als Rosenthal und Croselski ihre Sachen über die Schwelle von Bellroths Zimmer wuchteten, ahnten auch Wellhofer und Briegandt, was kommen musste.

Rosenthal war ein bemerkenswert dicker Mensch, gutmütig, aber von einer Hektik geprägt, die man Fülligen nicht zuschreibt. Unbegreiflich außerdem, dass man ihn ob seines Leibesumfangs zum Panzermann gemacht hatte. Schon beim Eintreten gab es Anlass zu Hohn.

Croselski, einen sehnigen, aufmerksamen Typen, schien nichts aus der Ruhe zu bringen. Er war schnell, korrekt und sachlich, für Angriffspunkte nicht konstruiert.

54

Unten knallte die Bataillonstür an die Wand. Eisold sah zu Wellhofer hinüber. Auch Briegandt schreckte hoch. Zu sehr war das Vergangene in ihnen gefangen. Sie lauschten angespannt. Ihre Tür wurde nicht geöffnet. –

Rosenthal lag schon im Bett. Croselski saß am Tisch und trank einen Tee. Bellroth und Winter entledigten sich im Zimmer ihrer Uniform, zogen sich bequeme Sachen über. Sie waren betrunken. Rosenthal blickte ängstlich zu Croselski hinab, der jedoch nur nickte und gelassen im Tee rührte. „Ist die Bude sauber?" begann Bellroth.

„Ja, sie ist sauber", sagte Croselski, ohne aufzusehen. Bereits dieser schlaue vermiedene Augenkontakt empörte Bellroth. „Soll ich's überprüfen?"

„Ja doch."

Der Bereitwilligkeit, die außerdem noch einer Aufforderung nahe kam, schien Bellroth nicht gewachsen. Er sah zu Winter. „Na, dann woll'n wir doch mal seh'n", meinte Winter, erhob sich und zerrte einen Spind von der Wand, mit konzentrierter und kräftiger Bewegung. Croselski beobachtete ihn und trank aus seiner Tasse. Rosenthal verhielt sich still. Winter rumorte hinter dem Möbelstück. Dann trat er hervor. „Bist du sicher, hier saubergemacht zu haben?" Er lächelte geringschätzig.

Croselski legte den Löffel weg, stand auf und ging hinter den Spind. Vor den Augen der beiden wischte er mit der Hand über den Boden und zeigte sie vor. „Es ist alles sauber. Sieht man was?"

„Leck sie ab!" forderte Bellroth. Rosenthal erstarrte. Croselski sog langsam einen Finger nach dem anderen ab. „Und nun? Zufrieden?" fragte er. Sein Gesicht zeigte keine Spur von Erregung.

„Kaffee machen!" bellte Winter, während Croselski den Spind zurückschob. „Rosenthal, du bist gemeint, du faule Sau. Schwing deinen Arsch aus der Koje." Eilig kam Rosenthal der Anweisung nach. Croselski unterstützte ihn mit kleinen, unbemerkten, schnellen Handgriffen. –

Winter und Bellroth nahmen ihren Kaffee zu sich. Croselski und Rosenthal lagen bereits in den Betten. Doch mit dem Ablauf der Ereignisse, so reibungslos, schien Bellroth nicht zufrieden. Er saß am Tisch und schlug die Asche seiner Zigarette ab. „Wirklich sauber scheint's mir aber nicht zu sein. Hier liegt Unrat." Er deutete auf den Boden.

Croselski sagte: „Die ist dir grad runtergefallen."

Bellroth erhob sich und sah ihn an. „Willst du mich Lügen strafen, du glatter Hund?"

„Ich hab's gesehen."

Bellroths Faust schnellte auf Croselskis Bett nieder, der sich blitzschnell zusammenkrümmte, wohl darauf gefasst. Der Hieb traf nur das Knie. „Moment mal." Winter kam nun auch heran, verblüfft über die rasche Reaktion. „Ich wette, dieser Unrat ist von Eisold. Der kommt doch dauernd herüber und macht auf Verbrüderung."

„Seit ihr das Zimmer verlassen habt, war Eisold nicht hier, und wir rauchen nicht."

„Es sei denn, ihr lügt", sagte Bellroth.

„Warum sollten wir lügen? Wir haben saubergemacht, wie es Zimmerordnung und Stubenältester fordern."

Winter war wütend. Croselski schien sich nicht provozieren zu lassen. „Rosenthal, kehr das auf!" befahl er. Wieder musste dieser heruntersteigen. Bellroth und Winter stießen den Fülligen noch im Zimmer herum, um ihm das Gewünschte zu erschweren. Croselski vermied erneut den Augenkontakt. Mehr konnte er nicht tun.

Eisold klopfte und betrat das Kommandantenzimmer. Croselski saß allein am Tisch. „Nimm Platz, ich hab dir einen Tee mitgebrüht."

„Nun, wie geht's?" fragte Eisold.

„Ich komme zurecht." Croselski wirkte ernst und nachdenklich.

„Rosenthal hat mir das von vorgestern erzählt", sagte Eisold. „Wie hältst du das durch? Er meinte, du seist immer ruhig geblieben."

Croselski rührte in seiner Tasse. Er schien seltsam abwesend. „Das geht alles mal vorbei. Es ist vorübergehend. Nur eine Frage der Zeit. Nichts ist von Dauer. Nur der Wechsel ist beständig."

„Klingt philosophisch."

„Ich hab viel über Philosophie gelesen. Es ist einfach so..." Croselski unterbrach sich, sinnierte. „Es ist so, dass man abschalten muss, den Sinn für das Wesentliche sucht, aus allem eine Lehre zieht, lernt. Glaub mir, das geht vorüber. Ich hab's mir jedoch auch anders vorgestellt. Meine Schuld." Er erhob sich und zog sein Schachbrett aus dem Spind. „Eine Partie?"

Während Croselski die Figuren aufbaute, fragte Eisold: „Zählst du die Tage bis zu deiner Entlassung?"

Croselski lächelte. „Nein. Wer die Tage zählt, beschneidet sein Leben."

„Wie machst du das bloß?" Eisold lehnte sich zurück.

„Was mache ich denn? Es ist ein Spiel. Zugegeben, ein Scheißspiel. Wir kennen jetzt die Regeln und müssen uns anpassen, so gut es geht. Es gibt Schlupfwinkel, Tricks und Kniffe. Es ist ein bisschen wie im Krieg, auch wenn das kein Vergleich ist." Croselski sah Eisold an.

„Aber die beschissene Zeit, wie übersteht man die?"

„Es gibt doch auch schöne Stunden, wenn du schon beim Zählen bist. Ich bin noch ein halbes Jahr länger da als du. Jetzt ist eine schöne Stunde, oder etwa nicht?" Eisold nickte beschämt. „Man soll gelebte Zeit nie bereuen", sagte Croselski. „Sie hat auch ihre guten Seiten, selbst wenn sie schlecht erscheint."

„Und Rosenthal?"

„Das wird nicht gut ausgehen. Doch halt", Croselski wehrte ab, „ich war schon bei Zukowski. Er hat mich verlacht. Es hat keinen Zweck. Mehr war nicht zu machen. So muss es seinen Lauf nehmen. Oder hast du eine bessere Idee?"

„Vielleicht ganz oben?"

„Die haben garantiert andere Sorgen. Die kriegen das auch nicht in den Griff. Setzen womöglich sogar auf Selbsterziehung, wie das früher so war. – Na komm, zieh, du hast Weiß." Croselski schüttelte den Kopf. „Sieh mal auf das Schachbrett, das sind im Prinzip Soldaten. Wir sind die Generäle und opfern die Figuren. So einfach ist das. So muss es sich anfühlen. Und wenn man in Gefahr gerät, schießt das Adrenalin. Es ist wie im wirklichen Leben." –

Mitten in der Partie öffnete sich die Tür. Winter und Bellroth polterten herein. „Ach", sagte Winter, „die Herren spielen Schach." Mit einer Hand schlug er gegen das Brett und wirbelte die Figuren auseinander.

Eisold wollte etwas erwidern, doch Croselski legte schnell seine Hand auf dessen Arm. „Wie siehst du die Situation vor dem Spielabbruch?"

„Wie meinst du das?"

„Ich meine, deine Lage schien verzwickt. Ich hatte dich in die Enge getrieben." Croselski zwinkerte Eisold zu.

„Jaa, ein Matt war vorauszusehen", sagte Eisold.

„Der Punkt geht an mich." Croselski ordnete bedächtig die Figuren in das Brett und lächelte.

Es klopfte, dann betrat Sömmrich Eisolds Zimmer, ein dienstälterer Fahrer, mit Winter und Bellroth im selben Halbjahr. Er war blond und hochgewachsen, großschnäuzig und dennoch von gutmütigem Wesen. Ab und an besuchte er das Trio, fühlte sich seltsam angezogen von den neuen Fahrern seiner Kompanie. „Na, ihr Glatten? Darf ich mich setzen?" Er grinste. Briegandt legte die Gitarre aus der Hand. Wellhofer sagte: „So glatt sind wir nun auch wieder nicht. Willst'n Kaffee?"

„Wenn ihr mich so bittet, gern." Sömmrich ließ sich nieder. „Ihr habt's hier so richtig gut."

„Das haben wir uns auch verdient", sagte Eisold. Sie setzten sich zu ihm an den Tisch.

„Verdient, verdient", dozierte Sömmrich. „Ihr wisst doch gar nicht, was dienen ist. Ihr müsst erst mal eine Weile dienen, um das zu begreifen. Ihr besitzt doch noch gar keinen Status." Wellhofer verdrehte die Augen. „Aber ich will mal nicht so sein", räumte Sömmrich ein, „ihr habt was durch in der Ersten, ich hörte davon."

„Du hast davon gehört?" fragte Briegandt.

„Natürlich. Man hat seine Quellen. Das ist auch keine Kunst." Er lachte. „Was ist jetzt mit Kaffee?"

Wellhofer zog den Stecker, goss allen Wasser in die Tassen. „Erzähl doch mal von deiner Zeit."

„Das ist uninteressant", sagte Sömmrich und starrte nachdenklich in seinen Kaffee.

„Wann hat man's denn verdient?" fragte Briegandt. „Wie weit muss es getrieben werden? Du hast davon gehört. Wieviel hast du gehört?"

„Schön langsam, ja?" sagte Sömmrich und zog die Brauen hoch.

„Er hat aber doch Recht." Eisold warf seinen Löffel hin. „Was hast du denn gehört? Kanntest du Lobach?"

„Ja, ich kannte ihn schon." Sömmrich hob eine Hand. „Nun ist aber erst mal Schluss hier, ihr Burschen. Man hat euch lange keinen Lack mehr gemacht, das merke ich. – Na ja, ich will euch mal eine kleine Geschichte erzählen, da schlaft ihr vielleicht besser ein. Es ist schon lange her", begann er, „da war ich ein Glatter, noch nicht hier stationiert."

„Na, anderthalb Jahre her, oder?" unterbrach ihn Wellhofer.

„Stimmt, trotz allem ist es lange her, denn ein Halbjahr hier drin scheint wie eine Ewigkeit, die Gewohnheiten ändern sich nur langsam." Sömmrich schlürfte aus seiner Tasse. „Bei mir war es damals so: Ein kleines enges Zimmer; jeder Tag verlief wie der vorangegangene, die Zeit schlich quälend dahin. Jeden Abend waren die Altgedienten saufen, und ich habe die Bude saubergemacht. Es war nie anders. Eines Nachts kam mein Stubenältester wieder mal aus der Kneipe und wollte eine Leberwurststulle fressen. Ich bin in der ganzen Kompanie herumgeirrt, hab mich rumschubsen lassen, bis ich einen fand, der eine richtige Leberwurst besaß, nicht so was aus der Dose; von zu Hause war sie ihm geschickt worden. Ich konnte sie ihm aus dem Kreuz leiern in meiner Not. Dann hab ich meinem Stubenchef die Brote geschmiert und den anderen auch. Während sie sie fraßen, hab ich die Stiefel putzen müssen. Zum Schluss hat der Drecksack die letzte Stulle gegen die Fensterscheibe geworfen, wo sie kleben blieb. ‚Die frisst du', sagte er. Die anderen grölten. ‚Los, friss sie', drängte er. Das Brot rutschte langsam herab. ‚Wie denn', entgegnete ich. ‚So', sagte er, packte meinen Kopf und drückte ihn gegen die Stulle, gegen die Scheibe. Dann hab ich das vom Fenster abgefressen.“ Sömmrich machte eine Pause. „Und dann mitten in der Nacht das Glas geputzt, denn ich hatte es ihrer Meinung nach verdreckt. – Das ist Erniedrigung, Jungs.“

Sie schwiegen. Dann sagte Sömmrich: „Aber so soll's nicht mehr sein.“ Er trank seinen Kaffee aus.

„Sei froh, dass ich guter Laune bin“, sagte Winter zu Croselski. „In einer Woche hab ich Urlaub. Da fahr ich zu meiner Verlobten. An dem Tag, an dem ihr Wache schieben müsst, wie sich's gehört.“ Mit ausdrucksloser Miene sah Croselski zu Winter. „Du bist ja auch verlobt, Croselski. Aber ich werde fahren, und du bleibst hier. Vielleicht kommst du da mal zum Lesen, wenn Bellroth das zulässt.“ Winter lächelte zynisch. „Du mit deinen blöden Schwarten.“ Croselski war nicht darauf gefasst, dass er plötzlich an seine Freundin erinnert wurde. Er machte einen Fehler. Zorn stieg in ihm hoch. „Verdient hast du's nicht", entfuhr es ihm. Winter lehnte sich etwas vor. „Wie war das eben?"

„War ich nicht deutlich genug?"

„Ich will das trotzdem noch mal hören."

„Ich sagte, verdient hast du's nicht. Eher hätte ich fahren sollen. Wie du uns behandelst..." In diesem Moment holte Winter aus. Croselski duckte sich. Der Schlag ging ins Leere. Mit beiden Händen stieß er den Tisch vor, an dem sie sich gegenübersaßen, Winter in den Leib. Doch dieser war nicht zu bremsen. Der nächste Hieb schleuderte Croselski vom Stuhl. Er rappelte sich hoch und hastete zur Tür, riss sie auf und schrie in den Flur: „UvD!" Schon war Winter bei ihm und zerrte ihn zurück. Sömmrich, Unteroffizier vom Dienst an diesem Abend, kam heran. „Was ist denn los?"

„Der spinnt", keuchte Winter. „Der dreht total durch. Der will die Bude nicht saubermachen:" Croselski sah Sömmrich an. Blut sickerte aus seiner Nase. Sömmrich wog ab. „Croselski, komm mal her!" Er griff ihn am Arm. „Winter, ich bring ihn dir gleich zurück." Sömmrich grinste. „Überlasst ihn mir für eine Weile, nicht dass er euch noch die Bude vollkleckert. Na, komm schon." Er zog Croselski sanft über den Flur Richtung Waschraum. Winter winkte ab und schloss die Zimmertür.

„Was soll das?" fragte Croselski. „Unternimm was."

„So leicht ist das nicht, verstehst du?" redete Sömmrich auf ihn ein. „Ich kann diesen Unfrieden nicht brauchen." Sie traten in den Waschraum. „Du kennst doch Winter. Hast ihn gereizt, was?"

„Darum geht's doch nicht. Das muss aufhören", sagte Croselski gehetzt. Sömmrich schob ihn an ein Becken. „Nichts hört auf.

62

Wasch dir jetzt das Blut ab. Beruhige dich. Wir werden schon eine Lösung finden." Croselski wusch sich und atmete langsamer. Dann setzte er sich auf den Rand einer Duschzelle. Sömmrich sah auf den Flur und kam zurück. „Ich hab gesagt, dass er den Urlaub nicht verdient hat in einer Woche", sagte Croselski.

„Ach", Sömmrich zog die Brauen hoch, „das hat er mir gar nicht gesagt. Mein Gesuch ist nicht bewilligt worden." Er schien zu überlegen.

„Unternimm doch was", insistierte Croselski.

„Was meinst du, das ich unternehmen soll?" Sömmrich zerrte an Croselski.

„Melde den Übergriff."

„Übergriff, du Spinner, wo hast du den Quatsch her?" Sömmrich rieb seine Stirn und ging im Raum hin und her. „Das geht so nicht. Das muss anders laufen. Croselski, man muss mit Haken und Ösen arbeiten."

„Ösen", wiederholte dieser. „Rosenthal wird das auch nicht mehr lange durchstehen. Der zerbricht."

„Was mach ich jetzt mit dir? – Rosenthal, sagst du? Rosenthal… Hm. - Ich glaub, ich hab da eine Idee. Pass auf, Croselski, wir gehen gleich wieder zurück." Sömmrich beugte sich zu ihm hinab. „Rosenthal soll sich in sechs Tagen im Med. – Punkt melden, krank melden, hast du kapiert? Er ist eben runter mit den Nerven, mit der Kraft, alles klar? Das muss er durchziehen, mit allen Konsequenzen. Sag ihm das. Nun komm." Er zog Croselski hoch.

„Was soll das bewirken?"

„Das wirst du schon merken. Überlass das einem Gedienten."
Sömmrich lachte. –

In Winters Zimmer sagte Sömmrich: „Er hat sich jetzt beruhigt.
Lass ihn erst mal in Ruhe. Du hast Glück, wenn die Nase nicht
gebrochen ist." Er wies auf Croselski. „Ich kann diese Scheiße
auch nicht andauernd dulden. Macht euern Mist tagsüber aus,
Winter. Nachher kommt noch der OvD. Kann ich mich drauf
verlassen? Ich will eine ruhige Nacht. Freu dich lieber auf – auf
das Wochenende."

„Ja, ist schon gut. Der soll sich hinlegen", sagte Winter
versöhnlich. „Scheiß auf die Glatten. Das wird schon wieder
heilen."

„Ich halte das nicht mehr aus." Rosenthal saß mit Croselski im
Panzer. Er warf die Putzlappen zur Seite. Sein schwerer Leib
bewegte sich unstet hin und her. „Ich hab dir's noch gar nicht
erzählt. Gestern…"

„Mach die Luke mal zu", unterbrach ihn Croselski.

„Warum das denn?"

„Mach sie zu. Ich muss dir was erklären." Croselski wartete, bis
Rosenthal die Luke geschlossen hatte. „Ich hab bis heute damit
gezögert, um dir das zu sagen. Pass auf: Du wirst dich morgen
im Med. – Punkt melden…"

„Was soll ich?"

„Ganz ruhig bleiben. Ich hab jetzt auch langsam den Kanal voll.
Wir machen Nägel mit Köpfen. Du meldest dich morgen im Med.
– Punkt. Wenn du dort angekommen bist, packst du aus über
deine seelische Verfassung. Deine Nerven spielen nicht mehr

mit, du hast keine richtige Kontrolle über deine Handlungen mehr und so weiter."

Rosenthal überlegte. „Was bringt mir das?"

„Denk doch mal nach. Dass wir nicht schon längst darauf gekommen sind." Croselski schüttelte den Kopf. „Mensch, denk doch nach. Da bist du raus aus diesem Teufelskreis, ich weiß nicht, wie lange, aber du bist raus. Einige Leute werden darüber ins Grübeln geraten. Im Med. – Punkt bleibst du erst mal. Dir wird's besser gehen. Sömmrich hat dort einen Bekannten..."

„Wieso? Was hat Sömmrich mit der Sache zu tun?"

Croselski wurde ungeduldig. „Rosenthal, ich sag dir was: Wenn du jetzt nicht mitziehst, wird's dir ewig dreckig gehen. Das ist die einmalige Chance, diesem Schlamassel zu entrinnen. Verstehst du denn nicht? Es hat einfach keinen Zweck mehr. Wir müssen was ändern, irgendwas. Dann ändert sich auch das andere. Mach das, sonst kannst du nicht mehr auf mich zählen. Ich werde selbst gepeinigt."

Rosenthal atmete schwer. Dann sah er Croselski an. „Na gut, wenn du meinst."

„Bring das ordentlich rüber. Reiß dich einmal zusammen. Ich bin auch noch da."

Rosenthal erhob sich und öffnete die Luke. Draußen wölbte sich dunkler Himmel. Lange sah er in die Wolkenfelder, bevor er sich aus dem Panzer mühte.

Winter schloss seine Reisetasche. Mit einem kurzen prüfenden Blick überflog er den Spind, sein Bett. Dann ging er durch den Flur, trat aus der Bataillonstür und setzte die Tasche noch einmal ab. Auf der Regimentsstraße war das Gros der Kompanie zum

Wachexerzieren angetreten, bereit zum Abmarsch. Winter sah auf die mit ihrer Ausrüstung behängten Soldaten hinab, die Unteroffiziere, den Kompaniechef, der die Wache zur Ablösung führen würde. Seine Augen trafen auf Croselski, der den Blick mit stoischer Ruhe erwiderte. Winter lächelte. Dann nahm er seine Sachen auf und entfernte sich Richtung Kontrolldurchlass.

-

Im Fenster lehnte ein Gefreiter. Winter zeigte seinen Urlaubsschein vor. Der Gefreite las kurz das Geschriebene, verglich das Papier mit einer Karteikarte, die neben ihm auf dem Schreibtisch lag und gab den Schein zurück. „Passieren", sagte er.

Dann klingelte das Telefon im Glaskasten des Gefreiten. Winter strebte der Schranke entgegen. Der Gefreite presste konzentriert den Hörer an das Ohr, schaute erneut auf die Karte, legte den Hörer zur Seite. „Unteroffizier Winter!" rief er durch den Verschlag. „Kommen Sie bitte noch einmal zurück."

Winter blieb stehen. „Was ist?"

Der Gefreite sah Winter an. „Es tut mir leid. Es – es stimmt etwas nicht."

„Was stimmt nicht?" Winter kam dem Kontrolldurchlass langsam näher. „Was soll denn nicht stimmen?"

„Sie müssen sich umgehend in ihrer Kompanie melden."

„He, ich bin auf Urlaub. Warum sollte ich...? Was soll das?" Winter wurde nervös. Der Gefreite gab den Soldaten, die vor dem Durchlass Wache schoben, ein Zeichen. „Es tut mir leid. Sie sollen zurückkommen. Die Gefechtsstärke haut nicht hin. Das Bataillon hat angerufen. Ich kann's doch auch nicht ändern.

Heute hat sich bei euch einer krankgemeldet. Damit sind zuwenig Leute auf der Kompanie."

„Krankgemeldet? Was heißt krankgemeldet? Ich bin auf Urlaub."

Winter schlug mit der Hand auf den Sims des Verschlagfensters.

„Gehen Sie zurück, Unteroffizier Winter. Es ist ein Befehl gewesen. Ich kriege Schwierigkeiten..." Winter sah sich um. Die Soldaten an der Schranke blickten aufmerksam herüber. „Na, wir werden sehen", sagte er und eilte seiner Kaserne entgegen.

Croselski saß im Wachraum auf Bereitschaft. Er wusste Rosenthal im Med. – Punkt. Es war nicht sonderlich aufgefallen am Morgen. Nichts Außergewöhnliches hatte auf dem Programm gestanden für den Tagesablauf und die Vorbereitung für die Wache alle beschäftigt.

Croselski bemerkte den vorüberhastenden Winter. Ein leises Lächeln umspielte seinen Mund. Wie hatte doch Sömmrich gesagt? ‚Das wirst du schon merken.'

Eisold setzte sich zu ihm. Seinem Blick folgend, fragte er: „War das nicht Winter?"

„Ja."

„Der wollte auf Urlaub."

„Sieht aus, als könnte er ihn vergessen", sagte Croselski und blickte auf seine Uhr. „Ich gebe ihm sechzig Minuten, dann ist er wieder hier." Eisold schüttelte verwundert den Kopf. „Du gibst mir Rätsel auf." Croselski sah Eisold an. „Man muss eben dazulernen; ich sagte es schon. Und manchmal kommt der Zufall zu Hilfe. Die Dinge ändern sich, wenn sich Dinge ändern."

„Ach du", sagte Eisold, „du Philosoph." –

Eine Stunde später erschien Winter in seiner Panzerkombination und einer Graudecke unter dem Arm vorm Wachgebäude, krebsrot im Gesicht, von der Wache und einem Offizier begleitet. Er wurde in eine Zelle geführt. Alle hielten inne, dem Vorgang gebannt folgend. Nur Croselski staubte ungerührt die Asche seiner Zigarette ab. „Mensch, was spielt sich hier ab?" fragte Eisold.

„Vor zehn Minuten hat das Telefon geklingelt. Dann sind zwei Mann von uns los. Der Kerl pennt am hellichten Tag."

„Was ist denn passiert?"

„Das erfahren wir sicher."

Briegandt kam vom Wacheschieben zurück. Er stellte seine MPi in den Waffenständer, legte die Schutzmaskentasche nieder und ließ sich auf einen Stuhl fallen. „Red schon", drängte Croselski, „hast du was mitgekriegt?"

„Meinst du Winter? Ist er schon hier?"

„Ja. Er brummt bereits."

Briegandt sagte: „Er hat seinen Spind zu Kleinholz zerschlagen, hat rot gesehen. Er ist völlig durchgedreht, weder Freund noch Feind erkannt. Wir sind grad an der Kompanie vorbeigekommen, als sie Winter abholten. Der UvD hat's dann gleich erzählt."

„Das erinnert mich an Lobach", meinte Eisold. „Den hast du nicht gekannt, Croselski. Der war auch so, vielleicht schlimmer."

„Dass sich alles so wiederholt..." Briegandt sah zu Eisold. „Ich denke, wie sind die ersten, die nicht werden wie die", sagte Croselski.

„Warum sind die so? Waren sie immer so? Steckt das in denen drin?" fragte Eisold.

„Das nehme ich an", sagte Briegandt.

„Es kann auch sein, dass das System hier sie zu Monstern gemacht hat", warf Croselski ein.

„Nein." Briegandt schüttelte den Kopf. „Kein System ist in der Lage, einen gerechten Menschen zu einem Monster zu machen. Aber die Lobachs und Winters schon."

Eisold hatte sich im Bett bequem zurückgelehnt und hörte Briegandt beim Gitarrespielen zu. Wellhofer schrieb einen Brief und sah manchmal herüber. „Weißt du", sagte er, „ich schreib mitunter ganz andere Sachen, als ich es wollte, wenn du spielst. Man kommt auf Gedanken…, merkwürdig. Es ist, als ob du diesen Brief schreiben würdest, nicht ich."

„Das nennt man dann wohl Inspiration. Den Brief schreibst du schon selbst", sagte Briegandt. Er unterbrach sein Klimpern. „Das ist die Macht der Musik. - Na, und du?" wandte er sich an Eisold. „Du bist ein Tagedieb. Schön, dass dir mein Spielen gefällt. Du liegst hier rum, hörst mir zu. Willst du's denn nicht selber mal versuchen?"

„Was, ich?" Eisold hob sich beunruhigt empor. „Ich bring das doch gar nicht."

„Dann musst du's lernen."

„Ich würde mir das nie zutrauen."

„Begeistert dich das?"

„Aber ja doch."

„Hast du dich nie bei dem Gedanken ertappt: Das möchte ich auch beherrschen?"

„Ja, manchmal, so nebenbei."

„Dann denk den Gedanken mal zu Ende. Ich spiel ja schon 'ne ganze Weile. Wenn ich auf Feten gegangen bin mit all diesen langweiligen Typen und jeder hat sich bisschen aufgeregt, hier wäre nichts los, dann hab ich ganz nebenbei die Idee geäußert, Klampfe zu spielen. Hättest sehen sollen, wie die sich plötzlich zusammengerottet haben, um meine Session zu hören. Die Mädchen…" Briegandt nickte versonnen.

Wellhofer sagte: „Ich hätte da kein Faible. Aber du, Eisold, du bist doch im Grunde immer wie elektrisiert."

„Na ja. Wenn ihr meint. Ich kann's ja mal versuchen." Eisold setzte sich nervös auf dem Bett zurecht. Er kratzte sich verlegen am Kopf.

„Nicht versuchen, durchziehen, was anderes gibt es nicht", drohte Briegandt. „Du musst es wollen, ernst meinen. Ich bin ein harter, aber ein guter Lehrer."

„Mensch, so kenn ich dich gar nicht", sagte Eisold.

„Man fühlt sich wohl auf eigenem Terrain. Du wärst nicht der erste, dem ich das beibringe." Briegandt legte die Gitarre aus den Händen und zündete sich eine Zigarette an. Wellhofer schrieb weiter. Eisold saß still auf seinem Bett. Schließlich sagte er: „Bring mir's bei. Ich will das."

„Nimm die Gitarre mal." Briegandt reichte sie herüber. „Ihr Körper ist geformt wie der einer Frau. Du musst das Instrument lieben lernen." Eisold nahm den Leib und setzte ihn auf den Knien ab wie einen fremden Gegenstand.

„Ich mach Kaffee." Briegandt erhob sich.

„Womit fangen wir an?" fragte Eisold.

„Mit einfachen Akkorden, Dreiklängen. Du wirst sie einüben, später aneinanderreihen, bis sie eine Melodie ergeben. Zeig mal deine Hände. – Fingernägel abschneiden. Damit kriegst du keinen Griff gedrückt." Briegandt wurde geschäftig.

„Mensch, Briegandt, du bist in deinem Element, was?" fragte Wellhofer.

„Ja", sagte Briegandt und drehte sich um, „ich glaube, so wohl hab ich mich seit langem nicht mehr gefühlt. Das gibt einen richtigen Schub. Ich weiß gar nicht mehr, wo ich bin."

„Wir sind in der Knochenmühle", sagte Wellhofer.

„Nichts von alledem wird uns nützen." Eisold berührte die Gitarre.

„Irgendwas nützt immer", entgegnete Briegandt. „Ich hab Zeit zum Üben. Zeit zum Vervollkommnen. Du lernst was dazu. Jeder Nachteil hat einen Vorteil. Das war schon immer so."

Kallweit drang in seine Soldatenstube ein. Als EK und Stubenältester hatte er hier alle Handlungsfreiheit. Vom Ausgang zurückgekehrt, war ihm heute jegliches zuwider. Er fetzte seine Ausgangsuniform vom Leib und warf sie aufs Bett. „Bednarz, räum die Scheiße in den Spind", sagte er.

Es ging auf Mitternacht zu. An Ruhe war für die dienstjüngeren Soldaten nicht zu denken. Kallweits Spießgesellen desselben Halbjahrs saßen am Tisch und klopften Skat. „Mist, alles", rief Kallweit.

„Los, setz dich, kannst dich noch mit reinhängen", sagte einer der Spieler.

„Ach, leckt mich doch. Bednarz, warum sind meine Stiefel nicht geputzt?" Kallweit beugte sich mühsam über seine Knobelbecher, die unter einem Hocker standen. „Komm runter, du faule Sau. Die glänzen nicht." Bednarz sprang erneut aus dem Bett.

„Ich hab noch Durst. Hat jemand noch 'n Rohr da?" Kallweit stierte im Zimmer umher.

„Nee, sieht heute schlecht aus, Kalle. Du warst doch nun schon im Ausgang. Hast du nicht genug?" Der Kallweit am nächsten Sitzende fingerte in seinen Karten.

„Nein, ich hab nicht genug. Hier kann man sich nur zulöten. Die Scheißtage ziehen sich dahin. Das stinkt mir allmählich. – Ich will trinken. Jemand muss was auftreiben. Vielleicht bei den Kapos. Bednarz... ach Scheiße, ich geh lieber selber." Kallweit zog sich schwerfällig Trainingssachen über und verließ den Raum.

Morgen war Sonntag. Trotz Nachtruhe gingen viele in den Zimmern privaten Dingen nach. Der UvD-Tisch stand verwaist auf dem Flur. Kallweit lächelte geringschätzig. Als zweifachem Familienvater ging ihm das langsame Verstreichen der Dienstzeit auf die Nerven. Wache an Wochenenden war verhasst; hatte er frei, kam er ins Grübeln. Alle schienen überdies verrückt zu sein, verroht wie er, auf ein paar Quadratmetern eingepfercht mit ihren Äußerungen, Eigenheiten und Gerüchen. Die Unordnung wurde ihm mit jedem Tag gleichgültiger. Zerwühlte Kojen, unflätige Reden aus allen Richtungen, Gestank nach Schweiß und alten Socken. Doch was ging ihn das noch an? Er würde bald weg sein. Und die Maßregelung, die ihm als Stubenchef drohte? Na und, dann eben ohne Balken diesem Haufen den Rücken kehren.

Kallweit klopfte und trat ein. Briegandt saß mit Eisold am Tisch. Sie studierten Gitarrengriffe ein. Wellhofer lag lesend auf seinem Bett. Kallweit sah sich kurz um. Das Zimmer verriet peinliche Ordnung. ‚Das muss man den Kapos lassen', dachte Kallweit, ‚das hat man ihnen eingetrichtert.'

Kallweit war Eisolds Richtschütze. Außerhalb der Ausbildung hatten sie kaum Kontakt miteinander. Kallweit galt als mürrisch, gereizt und reserviert.

„Eisold, habt ihr 'ne Flasche da?" fragte er. Eisold sah ihn an und schüttelte den Kopf. „Tut mir leid, mit so was können wir nicht aushelfen."

„Scheiße, verdammt noch mal, was sauft ihr denn eigentlich?" Kallweit blickte sich unstet im Raum um.

„Kaffee", sagte Briegandt.

„Kaffee! Ihr müsst doch irgendwann was trinken. Das gibt's doch nicht. Das ist zum Kotzen. Die klimpern hier rum. Ihr habt Nerven." Kallweit besah herablassend das Instrument.

„Das ist der Unterschied. Wir haben eben Nerven", meldete sich Wellhofer.

„Ach, ihr Glatten, ihr seid auch zu nichts zu gebrauchen. Mist, verdammter", fluchte Kallweit. „Eisold, Mensch, ich werd noch verrückt."

„Was heißt hier glatt?" krähte Wellhofer.

„Warst du schon bei Klober hinten?" fragte Briegandt.

„Die geben nichts raus. Die – die kenn ich doch. Ach, Scheiße." Kallweit knallte die Tür hinter sich zu.

Doch Kallweit bekam seine Flasche; von Winter, der es gern sah, wenn die Stimmung dem Siedepunkt entgegenkochte. Aber Winter zog sich wieder zu Bellroth zurück. Er wollte nur als Katalysator wirken.

Kallweit schikanierte auf seiner Stube Bednarz und die anderen Neuen noch lange und berauschte sich dabei völlig. Das selbst verursachte Chaos brachte ihn in Rage. Es ging schon gegen zwei Uhr und er torkelte nurmehr durchs Zimmer, ständig sein Bandmaß mit den buntbemalten Abschnitten begutachtend. Einige lagen bereits in ihren Kojen, andere versuchten Ordnung in das Gewühl der herumliegenden Sachen zu bringen.

Schließlich verließ Kallweit den Raum und geisterte über den Flur. „UvD!" brüllte er. Der mittlerweile wieder am Tisch Sitzende mahnte Kallweit zur Ruhe.

„Halt die Schnauze! Ich hab's satt!" schrie Kallweit und näherte sich dem Fenster an der Stirnseite des Flurs. „Ich halt das nicht mehr aus. Ich muss raus hier." Am Ende des Ganges angekommen, stierte er durch die Scheibe auf den Weg, der die Bataillonskasernen trennte. „Komm, Kallweit, hau dich endlich hin. Weißt du, wie du morgen früh aussiehst?" Der UvD kam ihm nach.

Plötzlich holte Kallweit aus und stieß seine rechte Faust durch das Fenster. Das berstende Geräusch des zerspringenden Glases erfüllte den Flur. Kallweit zog die Hand zurück und stand schwankend vor den Folgen der Tat. Blut sickerte über seinen Arm. „Was soll ich jetzt tun, UvD?" lallte er. „Kohse, he, schau mich an."

Die Belegschaft seines Zimmers war beunruhigt durch den Lärm herausgetreten, gruppierte sich um Kallweit. „Lasst mich!" schrie er. „Ich werde meinen Kutscher besuchen. Der ist in Ordnung." Er schob mit der unversehrten Hand die andern beiseite und hastete weiter, eine Blutspur auf dem Flurboden hinterlassend. Sein Arm war zerschnitten und Hautfetzen hatten sich verschoben.

Er stieß die Tür zu Eisolds Zimmer auf. Der Raum lag in Dunkel gehüllt. Ohne den Lichtschalter zu betätigen, wankte er nach links, wo er das Bett seines Fahrers wusste. Erschrocken über das Erscheinen Kallweits bewegte sich Eisold schlaftrunken. Der wild durcheinander redende Haufe folgte Kallweit, der sich auf Eisolds Bettkante setzte und den Kopf seines müden Fahrers in die Hände nahm. „Mensch, Eisold, alter Uffz, du weißt bestimmt einen Rat. Wie steht man diese Zeit hier durch? Du musst das doch wissen, komm, sag was."

Auch die anderen waren erwacht. „Hau ab, Kallweit, es reicht langsam mit dem Mist, den du hier abziehst", rief Wellhofer aus der gegenüberliegenden Ecke.

„Los, raus jetzt alle, ihr spinnt wohl." Briegandt hatte sich im Bett aufgerichtet.

„Mensch, du, ich unterhalte mit mich…, mich mit meinem Kutscher", begehrte Kallweit wieder mit lallender Stimme auf.

„Nein, Schluss", rief Eisold. „Nimm die Hände weg." Er drängte Kallweit von sich. „Wieso bist denn du so schmierig?" Eisold strich sich über die Wangen.

„Ach, du willst mir nicht helfen. Verreck hier in diesem Loch. Du hast doch noch so viele Tage vor dir, wie ich Kartoffeln essen werde."

Briegandt bahnte sich resolut einen Weg durch die Soldaten zur Tür und machte Licht. Neonröhren flammten auf. Entsetzt wich Eisold von Kallweit zurück. Ernüchtert und schweigend sahen mit einemmal alle auf Kallweits triefenden Arm und Eisolds blutverschmiertes Gesicht, sein beflecktes Laken.

Unten klappte die Bataillonstür. „Ihr Arschlöcher, was ist hier los?" zischte Briegandt. „Verbindet die Wunde. Wenn das rauskommt… Leise machen. Schnell jetzt." Er zog Kallweit zurück und schob ihn den anderen nach, die fluchtartig den Raum verließen. –

Leutnant Ahrendt, einer der Zugführer der Kompanie, hatte wichtige Unterlagen vergessen, die er am Sonntag noch überarbeiten sollte. Zukowski würde keinen Fehler durchgehen lassen. Mitten in der Nacht war es ihm eingefallen. Dazu hatte er sich uniformieren müssen, das blieb unumgänglich, und war vom Wohnheim noch einmal in die Kompanie zurückgekehrt.

Der schlaksig wirkende Offizier strebte die Treppe empor in Richtung Zugführerzimmer. Die Panik der Soldaten verwandelte sich bei seinem Anblick in blanken Hohn. Ahrendt versah seinen Dienst unschlüssig und nachgiebig; er galt nicht als Leitfigur mit Durchsetzungsvermögen, was gnadenlos ausgenutzt wurde. Ein Wunder, dass er seinen Zug bei Gefechtsübungen durch die Erfordernisse bringen konnte.

Ahrendt trat dem Mob verstört entgegen. „Was ist hier los?"

„Der Leutnant, der Leutnant!" grölte jemand. Kallweit hielt sich hinter der Menge verborgen.

„UvD!" rief Ahrendt. „Unteroffizier Kohse, was geht hier vor?" Kohse ging durch die Menge auf Ahrendt zu. „Genosse Leutnant, die Sache ist mir über den Kopf gewachsen. Was sollte ich tun? Die ganze Bande ist frustriert."

„Warum haben Sie oben keine Meldung erstattet?" bemühte sich Ahrendt mit lauter Stimme.

„Ich – ich dachte, ich könnte es intern regeln."

„Das sehe ich", schnodderte der Leutnant. „Gehen Sie auf ihre Zimmer! Ruhe jetzt!" befahl er. Einer der Umstehenden holte sein Bandmaß aus der Hosentasche und schlang es Ahrendt um den Hals. „Wir machen nicht mehr lange Sorgen. Bald gehen wir nach Hause – nach Hause." Ahrendt wickelte sich linkisch aus dem Bandmaß. „Sie begeben sich unverzüglich auf ihre Zimmer oder ich informiere die Wache!" Die Soldaten trollten sich. Ahrendt fand sich mit Kohse allein. „Das hat mit Sicherheit ein Nachspiel", bemerkte der Offizier. Kohse knöpfte die Jacke zu und setzte sich an den Tisch.

Ahrendt öffnete die Tür zum Zugführerzimmer, schloss sie hinter sich und schaltete das Licht ein. Er setzte sich an seinen Schreibtisch, zog eine Schublade auf und entnahm die betreffenden Unterlagen. Dann hielt er inne und lehnte sich zurück. Nachdenklich glitt Ahrendts Blick über die spärliche funktionelle Einrichtung, blieb an verschiedenen Dingen hängen, am Bild des Politikers an der Wand, an den Schränken der beiden anderen Zugführer. Seine Augen irrten über die Utensilien des Schreibtischs, die Stifte, die Formulare, die Stempel. Keine Pflanze zierte den Raum, fiel ihm auf.

Ahrendt musste an die Offiziersschule denken; er hatte sie recht und schlecht abgeschlossen, war durchgekommen, wie man so sagt. Seine damalige Freundin war ihm davongelaufen. ‚Na ja', dachte Ahrendt, ‚dann war sie so oder so nicht die Richtige.' Doch Ahrendt konnte sich des Eindrucks nicht erwehren, dass seine Zukunft im Unklaren lag. Unrespektiert, schämte er sich mancher unterlassener Maßregelungen und Disziplinierungen. Er ließ sich zuviel gefallen. Andererseits schien ihm die Kraft abhanden gekommen, durchzugreifen. Er hatte das unmittelbar Nötige getan, über vieles hinweggesehen, um seine Ruhe zu haben. Plötzlich kamen Ahrendt Zweifel, warum er diesen Beruf gewählt hatte

Zukowski schritt vor der Kompanie im Flur auf und ab. „Ich weiß nicht so recht, was sich vorgestern hier abgespielt hat. Es ist mir im Prinzip auch ziemlich egal, was der Pöbel so treibt. Statt mal ein Buch zur Hand zu nehmen... Aber man weiß ja, wen man vor sich hat..." Zukowski lächelte verächtlich. „Aber eins!" schnauzte er, „verbitte ich mir. Dass ein Schatten auf meine Einheit fällt. – Der Genosse Kallweit hat sich in den Med. – Punkt verabschiedet. Er sei unglücklich gefallen. Wahrscheinlich in dieses Fenster da hinten!" Schreiend wies er nach hinten. „Ich zieh das vom Sold ab. Es wird jeden treffen." Zukowski blieb stehen. „Bevor ihr geht", er wandte sich der Gruppe der EK's zu, die sich traditionell im Hintergrund der Angetretenen aufhielten, „werden noch mehrere von euch fallen. Auch in Friedenszeiten ist das möglich. Ihr werdet fallen, in den Dreck, in den Schlamm, und sei es, dass ich trocken stehe. Jeder Tropfen Schweiß in der Ausbildung erspart uns das Blut im Gefecht. Das kostet mich ein eiskaltes Arschrunzeln." Um Zukowskis Mund legte sich ein süffisantes Grinsen. „Und noch eins." Er drehte sich brüsk zu den Zugführern um, die am Kopf der Kompanie standen. „Beinah hätt ich's vergessen. „Wenn es den Leitenden der Züge nicht gelingt, ihre Leute im Zaum zu halten, sehe ich mich gezwungen, sie zu maßregeln. Wegtreten!"

Kettenklopfen war allen ein Gräuel. Doch hatte sich während der Gefechtsübungen Lehm zwischen die Segmente der Kette gesetzt und musste mittels Vorschlaghämmern entfernt werden. Das Donnern der Werkzeuge mutete an wie die Geräuschkulisse in einem antiken Steinbruch. Es wurde gekratzt, geschabt, gespült und geschlagen, bis die Vorgesetzten fanden, es sei sauber genug.

Auch Pröger, ein unauffälliger Unteroffizier, seit kurzer Zeit verlobt, drosch mit seinem Hammer gegen die Glieder, aus deren Ritzen der trockene Dreck bröselte. Pröger war nicht kräftig, erlahmte schnell. Jetzt verspürte er Durst, erkletterte seinen Panzer; im Innern trank er in langen Zügen das mitgebrachte Wasser. Pröger schob sich aus der Luke und spähte durch seine Brille über das Parkgelände. Allerorten war unermüdliche Bewegung. Er fühlte sich schwach. Was würde wohl seine Verlobte denken, wenn sie ihn so sähe?

„Pröger", rief der Technische Assistent, „kommen Sie, machen Sie weiter, die Kette sieht total vermistet aus. Sie können sich nicht dauernd in den Panzer verkrümeln." Erschreckt rückte Pröger seine Brille zurecht, hielt sich an einem Griff des Panzerleibs fest und sprang ab. Dann schrie er auf und strauchelte, kam zu Fall. „Pröger, was ist denn los? Nicht sportlich genug?" Der TA kam heran. Pröger krümmte sich vor Schmerz auf den Betonplatten des Parks.

„Was haben Sie, Pröger?" Der TA sah am Panzer empor. Am Griff, an den sich der Gefallene eben noch geklammert hatte, baumelte ein Finger. „Scheiße!" fluchte der TA. „So ein Rindvieh!" Er drehte sich um. „Winter!" schrie er. „Informieren Sie den Parkoffizier! Der soll einen Sani rufen! Schnell!" Winter eilte hinüber. Der TA zog angeekelt den Finger mit einem Putzlappen vom Griff, trat an das Wiesengeviert, das den Park begrenzte und scharrte mit seinem Stiefel ein Loch in das Erdreich. Er ließ den Finger fallen und schob die Vertiefung zu. Dann ging er zu Pröger zurück. „Ruhig, Pröger, Hilfe kommt, ganz ruhig." Der TA band die verletzte Hand ab, um das Blut zu stoppen. Pröger wimmerte.

Dann kamen zwei Sanitäter. „Was ist passiert?"

„Er hat sich einen Finger abgerissen." Während sich ein Helfer über Pröger beugte und die Wunde untersuchte, fragte der andere: „Wo ist der Finger?"

„Was ist mit dem Finger? Den – den Finger...", stotterte der TA, „den hab ich weggetan."

„Wo ist er denn?" drängte der Sanitäter.

„Hier", der TA wies auf den Rand der Wiese, „da hab ich ihn vergraben."

„Das gibt's doch nicht, Genosse Oberleutnant! Der muss wieder angenäht werden!" schrie der Sanitäter.

„Wie reden Sie denn mit mir, Soldat?" brüllte der TA und wurde rot.

„Was haben Sie getan? Der Finger muss her!" Auch der andere Helfer wurde unwirsch. Der TA zog sich zornig einen Handschuh über und grub das Fingerglied nach kurzer Suche aus. Der Sanitäter war bestürzt. „Scheiße! Natürlich total verdreckt. Das wird nichts mehr." Er gab den Finger zurück.

„Aber vielleicht geht's noch", begehrte der TA auf.

„Vergessen Sie's, Genosse Oberleutnant. Den Ring könnten Sie noch abziehen." Der Sanitäter schüttelte den Kopf und wandte sich um. „Na los", sagte er. „Med. – Punkt."

Der Offizier entfernte vorsichtig den Ring von Prögers Finger, als würde er ihm damit noch Schmerzen bereiten.

Hauptmann Wiederich hatte sich vom Spieß den Schlüssel für die Waffenkammer besorgt. Er würde kurz die Bestände überprüfen und anschließend nach Hause fahren. Es dunkelte bereits; die Kompanie war beim Abendessen. Als er die Kammer hinter sich schloss, hatte er freilich anderes im Sinn. Wiederich war ein Waffenfanatiker. Mithin gab es hier nichts Neues zu entdecken, Kalaschnikows und Makarows aufgereiht in den Regalen. Seine Finger glitten sanft über das saubere Metall.

Seit jeher hatte Wiederich beim Schießen zu den Regimentsmeisterschaften alle geschlagen, und ,Schulter an Schulter', dachte er belustigt, auch mit Soldaten und Unteroffizieren um den Sieg gekämpft, gleichsam kumpelhaft. Der Beiname „Auge" war ihm angedichtet worden, jedoch mit bitterem Nachgeschmack. In letzter Zeit hatte Wiederichs Sehkraft nachgelassen, was ihn grüblerisch machte. Er war zu dem Entschluss gelangt, den Wettkämpfen auf der Höhe seines Zenits nicht mehr zu frönen. Er würde beim nächsten Mal absagen, unbezwungen zeit seiner Teilnahme.

Wiederich wandte sich zur Tür. Dann erstarrte er. Denn trotz seiner beginnenden Schwäche entging ihm in diesem Moment nicht, dass unten im Regal eine Lücke klaffte. Nochmals zählte er alles fieberhaft durch. Die Waffe fehlte. Blitzschnell überlegte Wiederich. Seit drei Wochen war nicht mehr geschossen worden. Bei der Bestandsaufnahme nach dem letztmaligen Benutzen hätte es längst bemerkt werden müssen. Er eilte aus der Kammer, warf sie hinter sich zu und holte das Ausgangsbuch. Keine auffälligen Namen, keine Aufmüpfigen in den letzten drei Wochen. ,Es ist auch ein Unding', dachte Wiederich, ,keiner hat die Möglichkeit, in die Kammer einzudringen.'

Wiederich trat ins Hauptfeldwebelzimmer. „Ach, Sie bringen die Schlüssel?" fragte der Spieß erleichtert. „Dann kann ich hier Feierabend machen."

„Nein, Spieß, es wird alles anders. Eine Waffe fehlt."

Der Hauptfeld erblasste, ließ sich auf seinen Stuhl nieder. „Was?"

„Eine Makarow ist abgängig. Hatten Sie das nicht bemerkt?"

„Was für eine Frage, Genosse Hauptmann. Nach dem letzten Schießen war alles vollzählig. Dafür hab ich unterschrieben."

„Wo kann sie hin sein?" fragte Wiederich panisch.

„Das gibt's doch nicht. Wir zählen noch mal nach."

In der Waffenkammer furchte der Spieß die Stirn. „5332?"

„5332?" echote Wiederich. „Das ist eine Reservewaffe. Aus denen wird kaum geschossen."

„Das weiß ich. Wie auch immer. Ich muss es melden, sofort", schnarrte der Spieß und sah den Offizier an.

„Hören Sie, Hauptfeld… Wir können doch noch mal… Sie muss da sein!" Wiederich brach der Schweiß aus.

„Genosse Hauptmann! Was wissen wir, wie lange sie schon fehlt. Es ist Gefahr in Verzug."

„Aber…" Wiederich hielt den Spieß am Arm fest. Erneut begegneten sich ihre Blicke. Einen Augenblick schwiegen beide.

„Nein", widersprach dieser und entwand sich sacht dem Griff.

„Ich bitte Sie! Das können wir nicht durchgehen lassen."

„Na, dann melden Sie's", sagte Wiederich tonlos.

„Man wird die Waffe finden!" tröstete der Spieß und entfernte sich rasch.

‚Nichts wird man finden', dachte Wiederich resigniert. Er setzte sich entnervt auf einen Waffenständer und vergrub den Kopf in den Händen. Flüchtig kam ihm der Hauptfeld selbst in Verdacht. Die Idee verwarf er sogleich. Sie kannten sich gut, schon seit langem, waren nie verfehdet.

In zehn Minuten würden sie hier sein. Die Konsequenzen waren nicht auszumalen. Wiederich musste plötzlich an seine Frau und seinen Sohn denken. Er konnte alles an den Nagel hängen. Wo war nur diese Scheiß-Makarow? ‚Dann wird der Gassenlauf ohnfehlbar folgen drauf.' In der Verzweiflung fielen Wiederich die Reime ein. Man würde ihn demütigen, versetzen, degradieren, sonst was, vielleicht kam es noch schlimmer.

Wiederich schnellte empor und irrte in der Kammer hin und her. Dann nahm er sich eine der Pistolen und ein Magazin. Mit geübten Griffen lud er die Waffe. Die Behendigkeit, mit der er dies tat, erfüllte ihn mit ein wenig Stolz. Wiederich wog die Makarow in der Hand. ‚Kleines Ding', dachte er, ‚bringt den Tod.' Seine Finger umklammerten das Eisen und begannen zu schwitzen.

Unten schlug die Bataillonstür. Auf den Stufen wurden eilige Stiefelschritte laut und näherten sich der ersten Etage. ‚Vier Mann', schätzte Wiederich. Er wurde ganz ruhig. Dann hielt er kurz entschlossen die Pistole an seine Schläfe und drückte ab. Der laute Knall zerriss die Stille in der Kammer.

Man versuchte den Vorfall zu vertuschen, doch das Geschehene drang bis in den letzten Winkel des Regiments.

Im Zuge der neuen Massenversetzung vor ein paar Wochen hatte es Hessel ins dritte Bataillon verschlagen.

Jetzt saß er am UvD – Tisch und verfasste einen Brief an Verwandte. Es ging auf Mitternacht. Hessel sah auf die Uhr.

Graupner und Schwind waren im Ausgang, das Duo Infernale der Kompanie, ihr Eintreffen bald zu erwarten.

Hessel legte den Stift aus der Hand. Ihm bereitete Sorge, dass sich Graupner und Schwind in letzter Zeit auf Becker konzentriert hatten, der mit den beiden auf dem Zimmer untergebracht war.

In Hessel, mit Becker im selben Diensthalbjahr, wuchs der Keim des Aufbegehrens. Graupner, kräftig, affektiert und aufbrausend, hatte sich seit langem mit dem Gefreiten Schwind verbrüdert, der als Fahrer eingesetzt war. Schwind, ein untersetzter Typ, benahm sich eiskalt und ausdruckslos.

Hessel selbst war im Grunde beliebt. Sein Humor wirkte ansteckend. Doch er gab sich keinen Illusionen hin. Die ihm entgegengebrachte Sympathie war fadenscheinig, die Aggression latent vorhanden.

Schließlich wurde er aus seinen Gedanken gerissen. Die Bataillonstür klappte; die zwei kamen die Treppe hoch und blieben vor Hessels Tisch stehen. Graupner wuchtete seine Faust auf die Platte. „Na, Hessel, was macht der Dienst?" Hessel lächelte gequält. Seine Schreibutensilien vibrierten. „Geht so", sagte er. Schwind stand still dabei.

„Los", sagte Graupner, „geh'n wir auf die Bude." Sie verschwanden im Zimmer. Hessel blieb unsicher zurück. Graupner und Schwind irrten in seltsam aufgegeilter Stimmung an den Stubentisch. Becker lag im Bett. Graupner sah Becker an und nagte nervös auf seiner Unterlippe. „Du elendes Würstchen, du liegst hier rum und wartest, dass deine drei Jahre vergehen. Das wird noch ewig dauern, sag ich dir." Becker vermied es, Graupner anzublicken. „Komm, mach uns Kaffee." Graupner setzte sich zu Schwind. Sie schwiegen und beobachteten

84

Becker, der im Pyjama durch den Raum hastete und das Geforderte tat.

Als er das fertige Getränk auf den Tisch stellte, wollte Graupner unvermittelt wissen: „Warum bist du Unteroffizier geworden?"

Becker war irritiert. Schwind sagte: „Er weiß es nicht."

„Ich – ich wollte was für den Staat tun."

Graupner lächelte. „Punkt zwei: Hast du Führungsqualitäten?"

Becker sah zur Seite und antwortete nicht.

„Punkt drei: Verstehst du was von Panzertechnik?"

„Na, ich glaube…"

„Ich glaube", fiel ihm Graupner ins Wort, „dass du nie fressen wirst, wie man einem Bock die Schwächen ansieht, geschweige denn, wie man ihn ordentlich fährt. Mit solchen Flaschen wie dir verliert man den Krieg."

Becker war nicht verwundert, dass ihn Graupner vor dem Gefreiten demütigte. Nur die gemeinsame Entlassung zählte.

„Antworte doch, du Niete", sagte Schwind.

„Wobei, man muss es so sehen, Becker", erläuterte Graupner und wandte sich leicht auf seinem Stuhl schwankend auch zu Schwind, „der Fahrer ist der letzte Arsch, das ist allgemein bekannt. Was geht das zum zehnten Mal den Kommandanten an, was der Panzer für ein Zipperlein hat? – Doch du, Becker, bist von den letzten Ärschen der allerletzte. Du lernst das nie."

„Dann hilf mir und zeig's mir", fasste Becker Mut.

Graupner und Schwind hatte ihren Kaffee noch nicht angerührt. Sie sahen ihn lauernd an.

Übergangslos fragte Schwind: „Hast du dein Buch schon mal gelesen?"

„Welches Buch?"

„Dein Buch, das dir der Staat geschenkt hat."

„Ach – ehrlich gesagt, nein."

„Und du willst was für den Staat tun?" fragte Graupner. „Diese Unterlassung müsste bestraft werden."

„Hast du's gelesen?" fragte Becker.

Graupner sah zu Schwind, der plötzlich den Inhalt seiner Tasse langsam auf den Boden kippte. „Wisch das auf", sagte Schwind und starrte stumpfsinnig vor sich hin. Widerspruchslos holte Becker einen Lappen und begann, die Flüssigkeit aufzusaugen. Schwind langte unterdessen nach Beckers Kaffeedose und schüttete das darin befindliche Pulver über Beckers tätige Hand. Jetzt sah Becker zu Schwind hoch. „Was soll denn das?"

Der erste Schlag wurde von Schwind geführt und schleuderte Becker gegen ein Bettgestell. Graupner erhob sich. Er näherte sich Becker und zerrte ihn am Pyjama hoch.

Auf dem Flur war Hessel durch das Getöse hellhörig geworden. Er zog das Telefon heran und stierte auf die Tastatur, als hätte er damit einen entscheidenden Schritt getan. Ihm war klar, was sich dort abspielte.

Im Zimmer begann Schwind, Becker mit Fausthieben zu traktieren, stumm und vehement. Graupner löste ihn bisweilen ab, wenn Schwind erschöpft zurückwich. Becker blutete am Mund und aus der Nase. Als Beckers Körper gegen die Türfüllung prallte, rief Hessel die Wache an.

Becker lag hilflos zwischen Tisch und Bett. Graupner saß schwer atmend auf einem Stuhl, während der kleinere Schwind völlig berauscht Becker mit Fußtritten attackierte. Schließlich hielt auch Schwind inne.

Hessel riss die Zimmertür auf. Er sah Becker blutbefleckt und regungslos liegen. Graupner und Schwind fuhren herum. „Gibt's Probleme, Hessel?" Graupner bewegte sich auf ihn zu.

Unten klappte die Bataillonstür. Hessel verschränkte die Arme, um sein Zittern zu unterdrücken. „Zieht euch warm an, ihr zwei. Das war's jetzt." Er konnte seine Augen nicht von Graupner lassen, der langsam erbleichte. Dann wurde Hessel zur Seite gedrängt, Graupner und Schwind von der Wache überwältigt. „Das wird dir noch leid tun", zischte Graupner im Vorbeigehen. Man hatte ihnen die Arme nach hinten gedreht. Ungerührt sah Hessel zu. -

Beckers Diagnose ergab doppelten Kieferbruch und mehrere Rippenbrüche.

„Waren Sie betrunken, Unteroffizier Graupner?" fragte der Vorsitzende.

„Ja."

„Wieviel hatten Sie getrunken?"

„Vielleicht fünf Bier und einige Glas Schnaps."

„Sprechen Sie von fünf halben Litergläsern?"

„Ja."

„Wieviel Glas Schnaps?"

„Auch ungefähr fünf."

„Glauben Sie, dass Sie noch Herr ihrer Sinne waren, als Sie in die Kompanie zurückkehrten?"

„Ich – ich war betrunken." Graupner wirkte entnervt.

„Der diensthabende UvD sagte aus, dass vom Zeitpunkt des Betretens ihres Zimmers bis zum Beginn der Misshandlung mindestens zwanzig Minuten vergingen. Was haben Sie in diesem Zeitraum getan?"

Graupner sah verstohlen zu Schwind. „Wir haben uns unterhalten."

„Unterhalten", wiederholte der Vorsitzende und nickte verständnisvoll. „Zu diesem Zeitpunkt unterhalten. Sie schlugen später zu…?"

„Ja. Er hat uns provoziert."

„Wieviele Faustschläge fügten Sie dem Betroffenen zu?"

„Zwei oder drei", antwortete Graupner halblaut.

„Ich habe Sie nicht verstanden."

„Zwei oder drei." Graupner hüstelte.

„Der Betroffene hat doppelten Kieferbruch."

„Vielleicht waren es vier. Er fiel auch unglücklich."

„Wieviel also?"

„Eher vier."

„Wieviel Fußtritte fügten Sie ihm zu?"

„Zwei."

„Mehrere Rippenbrüche widerlegen Ihre Aussage."

Graupner warf Schwind erneut einen verlegenen Blick zu, den Schwind keineswegs beantwortete.

„Womit hat Sie der Betroffene provoziert?"

„Mit dem Sinn unseres Hierseins…"

„Mit dem Sinn ihres Hierseins… Womit stellte der Betroffene ihr Hiersein in Frage?"

Graupner sah den Vorsitzenden an. „Das weiß ich jetzt nicht mehr genau."

„Eine Provokation, die derartige Folgen hervorruft, müsste Ihnen doch im Gedächtnis haften geblieben sein."

Betretenes Schweigen. –

Der Vorsitzende rief Schwind in den Zeugenstand.

„Gefreiter Schwind, wurden Sie ebenfalls vom Betroffenen provoziert?"

„Ja, er hat uns provoziert."

„Zwei Dienstältere sitzen betrunken auf dem Zimmer und werden von einem Dienstjüngeren so in Rage gebracht!?"

Schwind zuckte kaum merklich mit den Schultern.

„Ich kenne schon die Gepflogenheiten, glauben Sie mir. Hatte der Betroffene nun Mut oder Selbsthass?" fragte der Vorsitzende und lächelte kühl. Schwind schwieg.

„Wieviel hatten Sie getrunken?"

„Ungefähr die gleiche Menge wie Unteroffizier Graupner."

„Wieviel Faustschläge fügten Sie dem Betroffenen zu?"

„Vielleicht zwei oder drei..."

Der Vorsitzende nahm seine Brille ab, rieb sich die Augen und starrte nachdenklich und lange auf den Gefreiten. –

In der Verhandlungspause kam der Regimentskommandeur mit dem Vorsitzenden ins Gespräch. „Was halten Sie davon?" fragte der Vorsitzende.

„Es ist eine Schande für das Regiment und für das gesamte Unteroffizierskorps."

„Fassen wir zusammen." Der Vorsitzende griff sich grübelnd an die Nase. „Charaktereigene Aggression plus Frustration plus Hass auf Dienstjüngere beziehungsweise Standesdünkel gegenüber ihnen plus Liebesentzug..."

„Liebesentzug?" wiederholte der Kommandeur verständnislos.

„Ich meine, es ist die Summe dieser Tatsachen", sagte der Vorsitzende.

„Ein heilloser Haufen", erwiderte der Kommandeur. „Hier wird sich einiges ändern." –

Nach weiteren zähen Vernehmungen, bei denen Schwind und Graupner abwechselnd in den Zeugenstand gerufen wurden und die Anzahl ihrer Faustschläge und Fußtritte in den Fokus der Ermittlungen gerieten, sprach der Vorsitzende das Urteil: Zwei Jahre Militärgefängnis für Schwind, der sich in der Brutalität besonders hervorgetan hatte und anderthalb Jahre für Graupner. Bei der Verkündung kämpfte Graupner um Haltung, Schwind blieb emotionslos.

Unteroffizier Benniger kehrte vom Ausgang zurück. Er trottete langsam die Straße entlang dem Regiment entgegen. Nur unterbrochen vom Schein einiger Laternen standen die Kiefern in Dunkel gehüllt beiderseits des Kopfsteinpflasters. Benniger hatte sich in der Kneipe die nötige Bettschwere angetrunken, jedoch auf ein Taxi verzichtet. Zu Fuß hoffte er, etwas nüchterner zu werden.

Er dachte an Eisold, Briegandt und die anderen. Alle waren sie in den Kompanieurlaub gefahren. Er allein hatte beschlossen, zu bleiben, um seine freien Tage später auszukosten. Mithin hielt er die Ausgangskarte am Mann, was ihm Isolation, doch auch Freiheit und Unabhängigkeit für eine kurze Dauer bescherte. Zukowski hatte es bewilligt, mit der Auflage, einiges in dieser Zeit zu erledigen.

Der weite Weg störte Benniger nicht. Die Ausbildung hinterließ Zähigkeit und Geduld.

In Gedanken versunken – die Lichter des Kontrolldurchlasses noch weit voraus – hörte er plötzlich Schritte hinter sich. Noch ehe er reagieren konnte, traf ein Schlag seinen Hinterkopf. –

Benniger kam zu sich. Er spürte, dass er sich in liegender Position befand. Dunkelheit umgab ihn. Dumpfer Schmerz vibrierte in seinem Schädel. Benniger wollte aufstehen, doch ein Stechen in der Nierengegend ließ ihn zurücksinken. Er fuhr sich mit der Hand über das Gesicht. Etwas Klebriges, offenbar Blut, war zu fühlen. Benniger fiel nur langsam und nebelhaft wieder ein: Ausgang, Rückkehr in das Objekt.

Ringsum herrschte Schweigen. Seine Augen gewöhnten sich allmählich an die Finsternis und nahmen die nähere Umgebung wahr. Die Kiefern, der Kies vor ihm auf dem Boden. Benniger drückte sich mühsam vom Straßenrand weg und wälzte unter Schmerzen seinen Körper auf das Pflaster. Jemand musste ihn finden. Wieder ein Versuch, emporzukommen. Das Stechen im Nierenbereich verhinderte erneut ein Erheben. Mutlos blieb Benniger liegen. Dann vernahm er ein Geräusch, erst ganz fern, dann immer näher rückend.

Im Liegen sah er den Wagen. Die Scheinwerfer glitten heran. War das die Rettung? Sie würden bremsen, ihn entdecken. Die Lichter schwollen zu überdimensionaler Größe an. Benniger war es nicht möglich, seinen Kopf zu heben. Die Kraft hatte ihn verlassen.

Ganz kurz nur ergriff ihn Panik und Entsetzen. Es ging zu schnell. Geblendet von den Scheinwerfern, schloss er die Augen. Es wurde dunkel, und grenzenloser Schmerz zerriss ihn.

In der Nacht wurde Eisold von einem Weinkrampf geschüttelt. Immer wieder sah er Bennigers Gesicht vor sich… -

Sie waren eingetrudelt, grüppchenweise; die einen benebelt, andere stumm, deprimiert, wie so oft, wenn das gnadenlose Räderwerk sie aufnahm und in den Kreislauf einordnete.

Am nächsten Morgen erfuhren alle, dass man Benniger ins Krankenhaus gebracht hatte.

Drei Tage später erlag er seinen schweren Verletzungen. Die Gerüchteküche brodelte. Offenbar hatte ein Jeep Benniger überfahren, den Quellen zufolge ein Hauptmann des Regiments am Steuer gesessen. Die unverständliche Handlungsweise des Offiziers, der im Ernstfall eine Kompanie führen würde, hatte in einer abzuschätzenden Situation ein sinnloses Opfer gefordert.

Der Vorfall schlug ein wie eine Bombe und legte den Kasernenalltag für kurze Zeit lahm. Er löste eine stumme Revolte aus. Man lud die Eltern Bennigers vor. Die Regimentsführung stellte es als einen bedauerlichen Unfall dar, doch die Mehrzahl der Untergebenen sah das anders.

Als ruchbar wurde, um welchen Hauptmann es sich handelte, kam man in den Zügen und Kompanien auf eine seltsame Idee, denn Tätlichkeiten waren ausgeschlossen. Wenn die Truppen zum Essen marschierten und man irgendwo dieses Hauptmanns ansichtig wurde, begannen die Armisten ihre Besteckröhren zu schütteln, was laute klappernde Geräusche hervorrief. Die bizarre Blüte dieses Protestes blieb der Führung nicht lange verborgen. Man sah sich einer unsichtbaren, gemeinschaftlich handelnden Masse gegenüber. Dem Kommandeur wurde seine Machtlosigkeit bewusst.

Als einfachste Lösung erwies sich schließlich die Versetzung des Offiziers. Dennoch blieben Wut und Trauer zurück.

Das Rattern der Räder wirkte beruhigend. Es war Nacht. Eisold nestelte im Dunkel nach seinen Zigaretten.

Die Glut bewegte sich wie ein Glühwürmchen durch die Finsternis.

Nach der Verladung der Panzer auf die Waggons entfernte sich der Zug mehr und mehr vom Objekt. Es ging ins Feld zur Gefechtsübung. Neben ihm wälzte sich Briegandt auf dem Holz in unruhigem Schlaf.

In der unteren Etage lagerte Wellhofer. Seine Augen irrten durch den vibrierenden Waggon. Er dachte an die nächsten anderthalb Wochen. Lustig würde es nicht werden, Bequemlichkeit und Hygiene in den Hintergrund treten. Wellhofer erhob sich von den Brettern. Er ging an den Ofen in der Mitte des Waggons und erkannte schemenhaft Sömmrich, der eine Büchse Spaghetti von der Oberfläche nahm. „Wellhofer, bist du's?" wisperte Sömmrich.

„Ja:"

„Mensch, die Glatten legen nicht genug Kohlen nach. Eine Zucht ist das hier."

„Ach, lass sie schlafen. Es wird hart genug in den nächsten Tagen."

„Ach, und da stell ich mich hier hin als Altgedienter... Na komm, setz dich auf den Kohleneimer. Ich geb dir was ab. Es ist gar. Hast doch bestimmt auch Hunger?"

„Sicher." Gemeinsam löffelten sie am Ofen die Büchse leer.

„Danke", sagte Wellhofer.

„Quatsch nicht. Jetzt rauchen wir genüsslich eine", erwiderte Sömmrich, „bevor die Scheiße losgeht." Er bot Wellhofer eine Zigarette an. „Aber vor morgen Mittag kommen wir nicht an, wir werden halten, mehrfach." Sie rauchten.

„Ob's im Krieg auch so war?" fragte Wellhofer.

„Was?"

„So `ne Art Kameradschaft."

„Ach, Wellhofer, was weiß ich. Vielleicht teilt man zur Not `ne Büchse Spaghetti oder Erbsen, aber letztlich denkt jeder an seinen eigenen Arsch, das ist meine Meinung."

„Deine Meinung?"

„Willst du ein Held werden?" fragte Sömmrich. „Was zum Teufel nützt es dir?"

„Seid doch ruhig, mensch!" Der ihnen am nächsten Liegende fluchte.

„Siehst du, Wellhofer, sein Arsch will Ruhe, ob mit oder ohne Beschuss. Hauen wir uns hin. Das ist das letzte Mal, dass wir lange schlafen können." Sömmrich entfernte sich ins Dunkel.

Eisold erwachte. Durch die geöffnete Waggontür drang Tageslicht. Briegandt lehnte am Geländer. Der Zug stand.

Sömmrich kam von den vorderen Wagen zurück. „Wellhofer!" Er winkte. „Los, wir sehen uns um", flüsterte er. „Nimm noch zwei Mann mit." Wellhofer bedeutete Briegandt und Eisold, zu folgen. Sie schwangen sich von der Plattform, vertraten sich die Beine. Sömmrich raunte: „Es wird ein längerer Halt. Da gibt's Probleme. Geh'n wir rüber pinkeln." Sie entfernten sich langsam vom Waggon. Auch andere standen neben den Gleisen.

Der Zug hatte unmittelbar am Rand eines Kiefernwäldchens gehalten. Sömmrich trat, gefolgt von den dreien, an den Saum des Bewuchses. Unbemerkt schlugen sie sich in das Dunkel der Stämme. „Los! Beeilen wir uns. Ein Dorf muss in der Nähe sein. Ich hab kurz vor dem Halt einen kleinen Bahnhof bemerkt." Sömmrich ging voraus.

Sie brauchten nicht lange, bis sie die Ausläufer einer Ortschaft erreichten, an einem Feldrain; ein paar Häuschen, die sich in die Landschaft duckten. Morsche Schuppen und Anbauten schmiegten sich an die niedrigen einstöckigen Gebäude. Hühner liefen hinter Zäunen umher. In angrenzenden Gärten wuchsen Apfelbäume. Auf dem Feld reifte Gerste. Ein eigenartiges Summen erfüllte die Luft. Ringsum herrschte Stille.

Hinter einem Fenster bewegte sich eine Gardine. Sömmrich blieb mit den anderen stehen. Die Tür des Häuschens öffnete sich. Ein alter Mann mit abgetragener Joppe kam ihnen entgegen, trat durch die Pforte. „Soldaten", sagte er kurz und sah sie mit trüben Augen an. Sömmrich wechselte mit Wellhofer einen unschlüssigen Blick. „Wir liegen da hinten", Sömmrich wies mit der Hand gen Westen, „der Zug hält nicht lange. Wir fahren bald weiter, ins Feld. Wir…"

„Der letzte Soldat vor unserem Haus war ein Russe, fünfundvierzig", unterbrach ihn der Alte. „Sie haben direkt hier gestoppt." Er deutete auf den Weg vor ihnen. „Mit den Panzern."

Im Garten begann eine Frau mit einem Kopftuch, den Hühnern Futter zu geben.

„Sie haben Kartoffeln genommen, Äpfel, Tomaten und Schinken", fuhr der Alte fort. Dann schwieg er.

Wellhofer sagte: „Wir wollten…"

„Nichts anderes wollt ihr", fiel der Alte wieder ins Wort. „Alle Soldaten haben immer Hunger. Im Feld gibt's nichts Ordentliches. Ich weiß das." Seine grauen Augen wanderten über die Gerste, die sich im Wind bewegte. „Na, mitkommen", wies er plötzlich an. Sie folgten dem Alten in eine Remise. Drin war es dunkel. Hier lagerten Gerümpel, alte Fahrräder und viel Obst. „Los, wollt ihr nichts einsacken?" fragte er unwirsch. Sömmrich öffnete die mitgebrachten Taschen, die er zusammengepresst am Körper verborgen hatte und verstaute Äpfel, Tomaten und Kartoffeln. Sie verschlossen die Behältnisse, und Sömmrich nestelte eine kleine Geldbörse hervor. „Geht jetzt", brummte der Alte und wehrte ab. „Der Zug fährt womöglich ohne euch. Ihr kommt in Teufels Küche." Er sah an Sömmrich hoch. „Nun wird es wieder ruhig. So wie immer."

Das „Danke" ihrer Stimmen wurde von den Bretterwänden der finsteren Remise geschluckt. Dann traten sie ins Licht und eilten zu den Waggons.

Die Tür wurde aufgerissen. Leutnant Reitenbach stand im Rahmen. „Achtung!" Die anwesenden Soldaten schnippten hoch. Ein Hocker kam ins Wanken und fiel. Reitenbach ging durch das Zimmer. „Spindkontrolle! Hocker aufnehmen!" schnodderte er.

Reitenbach war der Nachfolger Ahrendts, den man aus bisher ungeklärten Gründen durch ihn abgelöst hatte. Frisch von der Offiziersschule gekommen, leitete er seit kurzem einen der Züge und ließ sich nicht wie viele Neue die Butter vom Brot nehmen.

Einige Spinde waren geöffnet. Reitenbachs Blick fiel auf ein Fach, dessen Inhalt ihn mit Missbehagen erfüllte. „Wem gehört dieser Spind?" fragte er.

„Das ist meiner, Genosse Leutnant", sagte einer der Umstehenden, löste sich vom Tisch und trat an den Schrank.

„Das liegt nicht auf Kante", meinte Reitenbach und schleuderte die Kleidung auf den Boden. „Nachher ordnungsgemäß einräumen. Wenn ich das noch mal sehe, Ausgangssperre." Er lief zum nächsten Spind. „Hier hängt die halbe Schutzmaske runter." Der Leutnant riss die Tasche von der Oberfläche herab. „Warum ist dieses Wertfach nicht verschlossen?"

„Ich bin ja hier", sagte der Betreffende.

„Ach, und wenn sie pissen gehen, kommen Sie zurück und irgendetwas fehlt." Reitenbach sah den Soldaten herablassend an. „Das gibt dann Ärger, nicht? Verleitung zum Kameradendiebstahl nennt man so was. – Abschließen. Das noch mal – analog."

Schließlich wurde Reitenbachs Aufmerksamkeit durch ein Foto gefesselt, das auf der linken Innentür des benachbarten Spindes aufgeklebt war. Er verharrte lange davor und betrachtete das Konterfei eines jungen Mädchens. „Was ist das?" fragte er, und nach einem Blick auf das Namensschild am Spind: „Soldat Degenkolb!"

Der Genannte räusperte sich. „Das ist meine Verlobte."

„Was hat das Foto ihrer Verlobten hier im Spind zu suchen?" insistierte Reitenbach.

„Es – es ist eine Art Glücksbringer", stotterte Degenkolb. „Eine Erinnerung aus der Heimat."

„Ich bezweifle, dass Ihnen das Glück bescheren wird", sagte der Leutnant. „So was gehört nicht in einen vorschriftsmäßigen Soldatenspind." Mit einer schnellen Handbewegung fetzte er das Foto vom Holz und trennte es in Einzelteile. Die Schnipsel ließ er fallen. „Degenkolb, letzte Warnung. Und jetzt...!" Reitenbach fasste alle ins Auge. „Ordnung schaffen. Schnellstens!" Dann verließ er den Raum.

Hilflos klaubte Degenkolb die Reste des Fotos zusammen. „Dieses Arschloch", fluchte er halblaut. „Das lass ich mir nicht gefallen." Angesichts des zerrissenen Bildes unterdrückte er mühsam das aufkommende Weinen.

Degenkolb war der Ladeschütze von Klober, einem älteren Fahrer. Der Respekt wich dem Zorn über das Vorgefallene. Minuten später klopfte er an Klobers Zimmertür.

Als Sömmrich in den Raum trat, sah er Klober über ein paar zusammengefügten Schnipseln brüten. „Ist das deins?" fragte er.

„Nein", sagte Klober. „Degenkolb brachte es. Der Reitenbach hat's ihm beim Stubendurchgang zerrissen. Es klebte in seinem Spind." Sömmrich setzte sich. „Das war aber eine unschöne Geste", bemerkte er spitz.

„Das muss ich allerdings auch sagen. Bei aller Liebe, das geht'n bisschen weit." Klober fingerte in den Puzzleteilen.

„Und da hat der Degenkolb sich bei dir beschwert, was?"

„Ja", brummte Klober.

„Den Reitenbach, den hab ich gefressen", meinte Sömmrich und ging ans Fenster. „Na ja, neue Besen kehren gut."

„Der wird sich wieder beruhigen", sagte Klober.

„Wer? Degenkolb?"

„Nein, Reitenbach."

„Reitenbach müsste man jetzt stoppen. Der hat schon zuviel Oberwasser", sagte Sömmrich. „Durch solche Vorfälle gewinnt er an Macht. Das dürfte man nicht dulden."

„Muss ich mir um die Soldaten Gedanken machen?" fragte Klober vorwurfsvoll. „Seh ich nicht ein."

„Lass mal die Soldaten beiseite. Der Tag kommt, da wird er auch bei uns Unruhe stiften, der Ochse."

„Dem werd' ich die Meinung geigen", entgegnete Klober.

„Wenn niemand was tut, geht's so weiter", sagte Sömmrich.

„Ach, so'n Quatsch. Das geht mich nichts an. Kann ich auch nichts machen im Moment." Klober räumte die Schnipsel weg.

„Na gut, Klober, du hast es sicher kaum nötig, bei den Soldaten einen Stein ins Brett zu bekommen. Aber kannst du dich erinnern, wann zum letzten Mal einer von denen einen Uffz um Unterstützung gebeten hat? Das ist ja 'n richtiger Sonderfall." Sömmrich ließ nun nicht mehr locker. „Der Reitenbach vermutet nie im Leben eine Intervention unsererseits. Der kippt aus den Latschen."

„Nicht so großmäulig, Sömmrich." Klober erhob sich auch und lief unruhig umher. „Du spinnst dir hier was zusammen. Was soll man denn schon tun?"

„Lass dir was einfallen. Du weißt, man muss mit Haken und Ösen arbeiten."

„Ach, hör auf jetzt", grollte Klober ratlos. „Der ganze Mist geht mich gar nichts mehr an. Ich krieg am Ende noch Ärger mit der Partei."

Klober war seit Beginn der Armeezeit Parteimitglied. Das war nichts Ungewöhnliches und alle wussten es. Er hatte vor, nach seiner Entlassung zu studieren. Doch Sömmrich fing das Wort auf. „Partei, sagst du? Partei... Hm... - Ich glaub, ich hab da eine Idee."

„Was willst du denn, verflucht noch mal?" Klober kramte nervös in seinem Spind.

„Komm, Klober, wir müssen uns unterhalten. Riskier was", sagte Sömmrich. „Riskier einmal was. Das kann nicht schief gehen. Ich kenn doch die Obrigkeit."

Am nächsten Nachmittag zur Dienstausgabe ließ der Hauptfeld die üblichen Anweisungen verlauten, flankiert von Zukowski. Kurz bevor dieser den Befehl zum Wegtreten gab, flog aus der hinteren Reihe ein dünnes Heftchen über die Köpfe der Angetretenen und rutschte über den gefliesten Boden. Zukowski schien mehr erschreckt als überrascht. In die Reihen der Kompanie kam Unruhe. „Wem gehört das?" fragte Zukowski.

„Es gehört mir, Genosse Hauptmann", antwortete Klober, der seinen Vordermann um Haupteslänge überragte.

„Was ist das?" Zukowski sah Klober an.

„Das ist mein Parteiausweis."

„Das sehe ich selbst", sagte Zukowski überflüssigerweise. Er fühlte die Augen aller auf sich gerichtet, doch anders als sonst. Er war in Zugzwang. „Was wollen Sie damit dokumentieren, Genosse Klober?"

„Meinen Austritt aus der Partei."

„Unteroffizier Klober, vortreten!" befahl Zukowski. „Mitkommen! Nehmen Sie Ihren Ausweis mit. Der Rest der Kompanie – wegtreten!" Klober folgte Zukowski ins Chefzimmer. „Setzen, Genosse Klober!" Zukowski nahm im Stuhl gegenüber hinter seinem Schreibtisch Platz. „Genosse Klober, Sie schulden mir eine Erklärung! So kenne ich Sie nicht." Klober blieb gefasst. „Genosse Hauptmann! Gestern fand eine Spindkontrolle auf der

Soldatenstube, Zimmer zweihundertzwölf, statt. Im Verlauf dieser Kontrolle wurde von Leutnant Reitenbach ein Foto aus einem Spind gerissen und zerfetzt. Ich bin der Meinung, dass sich das nicht mit den Statuten dieses Heftes, das hier auf dem Tisch liegt, in Einklang bringen lässt, mit der Würde, die man jedem Militärangehörigen angedeihen lassen sollte." Klober atmete schwer. Zukowski zog die Brauen hoch. „Und das alles mit der EK-Bewegung, dass die Älteren die Jüngeren drangsalieren, hat Sie bis jetzt nicht gestört?"

„Man kann seine Augen nicht überall haben", sagte Klober. „Ich bin froh, wenn der Dienstschluss naht. Ich hab meine Knochen bei der Panzerei lange genug hingehalten, Genosse Hauptmann. Es war nicht leicht."

„Wem sagen Sie das, Klober?" Zukowski lehnte sich zurück. „Ich hab's auch nicht leicht. Eine Kompanie zu leiten, bedeutet viel. – Übrigens werde ich dafür sorgen, dass jeden Abend ein Offizier in der Einheit verbleibt. Oft genügt die Präsenz." Zukowski überlegte. „Gut, ich weiß, sie werden bald entlassen. Umso mehr befremdet mich ihre jetzige spontane Handlungsweise. - Reitenbach, Reitenbach, ja, wie auch immer... Gott, wer hat Ihnen diesen Floh ins Ohr gesetzt?"

„Niemand, Genosse Hauptmann."

„Wer steckt dahinter? Sömmrich, dieses Schlitzohr?"

„Wie Sie bemerkten, meine Tage hier sind fast gezählt. Glauben Sie, ich setze mein Studium aufs Spiel, wenn mir es nicht ernst damit wäre?" Zukowskis Lächeln gefror. Sein Plan ging nicht auf. Er sah sich im Zimmer um. Dann griff er entschlossen zum Telefonhörer, wählte, wartete. „Spieß... Den Politstellvertreter

holen... Ist schon weg. Egal. Er soll kommen. Rufen Sie ihn an."
Zukowski legte auf.

Nachts gegen elf kam Klober zurück. Sömmrich war noch wach.
Er sprang aus dem Bett. „Hier, Kaffee! Komm, wie ist es
gelaufen?"

„Hau mir ab mit diesem Gebräu", sagte Klober erschöpft. „Die
haben mich damit abgefüllt." Sömmrich nickte verständnisvoll.
„Na, erzähl schon..." Klober setzte sich. „Du bist doch wirklich
ein ausgekochter Hund. Natürlich bin ich wieder
Parteiangehöriger. Ich hab's zur Bedingung gemacht, falls man
Reitenbach nicht Einhalt gebietet. Das war ihnen wichtig. So was
wird sich keinesfalls wiederholen. Fotos von nahe stehenden
Personen dürfen ab jetzt überhaupt im Spind verbleiben. Was
Reitenbach verhindern wollte, wird nun gebräuchlich. Er kriegt
eine Rüge, das konnte ich raushören. Ich soll über alles jedoch
Stillschweigen bewahren."

„Ganz groß, Klober. Hast dir was verdient." Sömmrich klopfte ihm
auf die Schulter und holte eine Flasche Wodka aus dem Spind.
„Du hast Rückgrat. Wenn's mehr Leute deines Schlags gäbe,
käm die Partei mal auf einen grünen Zweig."

„Blödmann", sagte Klober. „Du hast mich doch erst drauf
gebracht. Leute wie du... - werd' doch auch Genosse." Klober
sah Sömmrich an.

„Oh, nein", sagte Sömmrich und wich etwas zurück. „Da ist man
so angebunden."

Eines Nachts hielten wieder LKW's vorm Objekt. Eisold saß am
geöffneten Fenster und rauchte eine Zigarette. Er sah die

Neuankömmlinge mit den Klamottensäcken zum dritten Mal vorüberhasten. Er dachte wieder an Meichert, an Lobach und Freudler. Nun würden Winter und Bellroth gehen, Croselski eine Bürde nehmen.

Zwei Jahre waren vorbei. Eisold blickte mit stumpfer Gelassenheit auf die Regimentsstraße. Freude wollte nicht aufkommen. Er drehte sich um und nahm Briegandts Gitarre vom Spind. „Willst du jetzt klampfen?" fragte Briegandt.

„Nein."

Wellhofer sah herüber. Er lag auf seinem Bett und spielte mit einer roten Vizespange, neben ihm verstreut die jüngsten Briefe seiner Verlobten.

Eisold zog das Instrument aus der Hülle und befühlte sanft das Holz des Leibes. Es war ihr letzter gemeinsamer Abend im zweiten Bataillon.

Sie wurden auseinander gerissen. Diese erneute Zäsur ließ die Freude über die Restzeit etwas verblassen. In Erwartung neuer Umstände und Gepflogenheiten wandelte sich aufkeimender Enthusiasmus in verbissene Trauer.

Eisold wurde ins dritte Bataillon versetzt. Er logierte von nun an in einem Viermannzimmer mit zwei EK's, Bruckner und Fritzsche, sowie Grohmayer, den er flüchtig von der U – Ausbildung her kannte. Doch bei Grohmayer zeigte sich kein Zeichen des Erinnerns. So unterließ es auch Eisold, an das Vergangene zu rühren. Grohmayer war ein merkwürdiger Mensch. Oberflächlich und gleichgültig gegenüber Eisold, fühlte sich dieser mehr zu den EK's hingezogen und ergriff in seiner Arroganz kaum einmal Partei für ihn. Ein seltsamer

Reinigungszwang hielt Grohmayer beständig in der Nähe des Waschraums.

Schikanen blieben aus. Die Distanz hatte sich verkleinert.

Fritzsche war der Stubenälteste. Kräftig, von geradlinigem offenem Charakter, bildete er den Optimisten des Quartetts. Er strahlte Ruhe aus, war locker im Umgang mit allen und löste gern und schnell Probleme.

Bruckner schien grundsätzlich ein stiller introvertierter Kompagnon. Doch es trog. Bei ihm musste alles seine penible Ordnung haben. Fritzsche war schlampig; das brachte Bruckner auf und machte ihn hysterisch. Entnervt warf er Gegenstände durch den Raum. Fritzsche musste ihn stets beruhigen. Eisold verglich Bruckners plötzliche Anfälle innerlich mit Freudlers Ausbrüchen. Auch Bruckner hatte wie Eisolds Peiniger in seinem Dasein ein Schema aufgebaut. Bei Freudler war es ehemals die unkontrollierte Gewalt, bei Bruckner die überreizte Kontrolle. Die Manien blühten in vielen verschiedenen Formen.

Bruckner als häuslicher Typ schnitt mit Vorliebe Brot auf. Sie aßen abends auf dem Zimmer und nicht mehr im Speisetrakt des Objekts. Fritzsche erhob das Kaffeetrinken zu einer Art Ritual, wobei er die Angewohnheit pflegte, auf der Stuhllehnenoberkante zu sitzen. Doch er thronte nicht; es war seine Art. Morgens beriet man das Kommende, abends ließ man den Tag Revue passieren.

Eisold gehörte jetzt zu den älteren Fahrern der Kompanie und Verantwortung gegenüber den Dienstjüngeren schien vonnöten. Das wurde ihm mehr und mehr klar. Er hatte viel gelernt und begriff, dass er daran war, Wissen und Kniffe weiterzugeben und dass auch seine Entlassung näher rückte. Noch einmal jede

Jahreszeit... Eisold dachte oft an Briegandt und Wellhofer. Gelegentlich sahen sie sich und wechselten ein paar Worte.

1983

„Heute löten wir uns zu", verkündete Fritzsche. „Ab jetzt fahren wir zweigleisig. Noch neunundneunzig Tage. Ich hab schon ordentlich was zusammengekarrt." Er saß wieder auf der Lehne seines Stuhls. Eisold und Grohmayer lächelten matt. Bruckner sah auf. „Ach, haste was da? Ist ja fein. Aber vorher essen wir noch kräftig, dass wir was im Magen haben."

„Haargenau, Bruckner." Fritzsche stieg vom Stuhl und goss Kaffee nach.

Achtzehn Uhr stob der Spieß ins Zimmer. „Fritzsche, ich krieg doch hoffentlich...? Hast du an mich gedacht? Du", er drohte mit dem Finger und lachte. „Sonst platzt deine Fete."

„Nee, Besenschrank, wie immer." Der Spieß eilte zum Spind. Im oberen Fach stand ein Essgeschirr voller Wodka. Er nahm einige tiefe Züge. „So, jetzt ist mir wohler. Ihr Säcke habt's gut." Dann verschwand er.

„Wusstet ihr", bemerkte Fritzsche, „dass der Spieß ein Monatsbandmaß hat? Jeden Monat kommt ein Zentimeter ab."

„Der ist doch total fertig", meinte Bruckner.

Nach dem Essen kippte Fritzsche seinen Spind an. Grohmayer fingerte zwei Flaschen Wodka hervor. „Eisold, die Cola!" forderte Fritzsche. Bruckner verdünnte die Getränke eins zu eins.

Endlinger und Strehlau, zwei Kommandanten, bei denen sich Eisold öfter aufhielt, saßen auf ihrem Zimmer und hörten Radio.

Sie lungerten auf ihren Betten und brüteten über Briefen. „Mensch, die bringen heute Dinger", sagte Strehlau. „Das müsste Eisold mal hören. Der ist doch so musikbesessen, seit er Klampfe spielt."

„Die tagen bestimmt. Fritzsche besäuft die neunundneunzig. Da kann Eisold schlecht weg." Endlinger legte die Schriftstücke fort. „Will er auch nicht. Ist garantiert froh, dass es mal was zu trinken gibt."

Strehlau sagte: „Da haben sie morgen 'ne schöne Fahne."

„Ich könnte auch sto Gramm vertragen", erwiderte Endlinger. „Ich bekomm hier noch Depressionen." Er sah zu Strehlau, der seine Brille abnahm und sich die Augen rieb. „Ja, Scheiße, mir geht's genauso."

Grohmayer betrat seine Stube. „Der Spieß ist heim", sagte er und verstaute seine Waschutensilien im Spind

„Astrein", tönte Fritzsche. „Jetzt haben wir wirklich Ruhe."

Auf dem Tisch standen Colaflaschen und Kaffeetassen, lagen Zigarettenschachteln und Feuerzeuge. Bruckner hatte längst aufgeben wollen, für Ordnung zu sorgen. Doch es störte ihn; ab und an versuchte er es, was wiederum Fritzsche nervte. „Lass das Brot liegen, Bruckner. Ich krieg vielleicht noch Hunger."

„Aber ich schieb's ins Speisefach. Wenn wir's brauchen... Das gehört nicht neben den Aschenbecher." Bruckner griff nach dem Laib und erhob sich. Grohmayer öffnete das Fenster. „Mensch, ist hier dicke Luft. Das muss erst mal abziehen." Fritzsche sah von Grohmayer zu Bruckner. „Bruckner, schneid mir doch 'ne Scheibe ab. Ich hab Kohldampf." Er grinste.

Brüsk wandte sich Bruckner um. Mit gerunzelter Stirn entnahm er das Brot wieder, trennte fachmännisch mit seinem langen Messer ein Stück ab, warf es Fritzsche hin und schleuderte den größeren Rest aus dem offenen Fenster. „Sag mal, hast du 'ne Macke?" fragte Fritzsche.

„Wenn du wieder Hunger kriegst, kannst du draußen weiter fressen", sagte Bruckner.

„Du mit deiner Scheißordnung. Das geht mir auf den Sack."

„Wenn's dir nicht gefällt, kipp doch einfach alles auf den Tisch", schlug Bruckner vor.

„Das mach ich auch. Da fühl ich mich wohl." Fritzsche nahm der Reihe nach die Kaffeetassen und drehte sie wie Würfelbecher um, wobei das nasse Pulver zurückblieb.

„Da können die auch noch drauf." Bruckner griff nach dem vollen Aschebehältnis. Die Zigarettenreste rieselten auf die Platte.

„Na aber haargenau, Bruckner. So gefällst du mir. Grohmayer, gib mir mal was von deinem Shampoo, oder ist das schon wieder alle?" Angesäuert erhob sich Grohmayer und gab Fritzsche das Gewünschte. Fritzsche drückte die Hälfte des Inhalts über den Kaffeesatz und die Kippen aus. „So, jetzt wird's doch richtig gemütlich." Er reichte die Flasche zurück. „Hier, langt noch für drei Waschgänge."

Bruckner hatte den Vorgang mit aufgerissenen Augen verfolgt. Langsam stand er von seinem Stuhl auf, in der Linken das große Brotmesser, und sah wild um sich.

„Was soll das werden, Bruckner?" fragte Fritzsche vorsichtig und legte seine Zigarette weg. „Zuviel getrunken?"

„Ihr seid wirklich wie ein altes Ehepaar", kam eine Stimme vom Fenster. Fritzsche fuhr herum. „Mensch, Gerber, was machst du denn hier?"

„Kann ich reinkommen?"

„Klar." Fritzsche hievte Gerber durch die Fensteröffnung. „Parterre hat eben seine Vorteile."

„Bloß, dass jeder euern Mist hört." Gerber war im Trainingsanzug. Er setzte sich auf ein Bett. „Wir feiern drüben bei uns auch die neunundneunzig." Verlegen ließ sich Bruckner wieder auf seinen Stuhl fallen.

„Hier sieht's ja lustig aus", meinte Gerber.

„Ach", sagte Fritzsche mit einem Blick auf Bruckner. „Wir räumen das schon wieder weg. Aber jetzt trinken wir erst mal was."

„Ist nicht mehr viel da", warf Eisold ein. Fritzsche sah auf seine Uhr. „Was sauft ihr bloß? Wir müssen neuen Alk ranschaffen. Wer geht abtreten?" Grohmayer verzog das Gesicht und stieß Eisold an. „Komm, mach du, ich geh das nächste Mal."

„Aber nicht allein", sagte Fritzsche. „Nimm einen Glatten mit. Such ihn dir aus. Wer dich begleitet, kriegt was ab." Eisold fuhr in seine Stiefel, warf die Jacke über und nahm eine Tasche der Ausrüstung.

Er betrat das Zimmer der dienstjüngeren Fahrer. „Wie sieht's aus mit Abtreten?" Ratlose Mienen, einer sah zum anderen. „Wer sich entschließen sollte, darf sich nachher was einhelfen."

Schuster überlegte kurz. Die Gelegenheit schien verlockend. Dann stieg er von der Ruhestatt.

Sie kamen zurück zu Fritzsche. „Wartet noch", sagte der, wieder nach einem Blick auf die Uhr. „In zehn Minuten... Die Fünfte schiebt heute Nacht Wache. Eisenberg steht dann hinten Posten vier. Er lässt euch durch. Hab doch geahnt, dass uns der Fusel ausgeht… Nun, bestellt Eisenberg schöne Grüße und bringt ihm ein Bier mit. Und - Parole neunundneunzig."

Gerber sah zu Fritzsche. „Glänzend organisiert."

„Ich hab eben Informationen eingezogen. Bei mir geht das glatt. Die Feier lass ich mir nicht versauen."

Schuster schaute sich verstört im Zimmer um. Grohmayer betrachtete ihn belustigt.

„So, Schuster, trink dir Mut an", sagte Fritzsche. „Und du, Bruckner, schneid einen Kanten Schinken ab für uns. Wir müssen was im Magen haben." Er klopfte ihm versöhnlich auf die Schulter.

Eisold und Schuster hasteten durchs Halbdunkel. Gedämpfte Geräusche waren aus einigen erleuchteten Zimmern vernehmbar. An der Giebelseite der Ersten empfing sie Finsternis. „Bleib dicht hinter mir", flüsterte Eisold. Sie klommen eine Böschung empor.

Die Nacht war mild. Ein Fön überraschte dieser Tage mit Tauwetter. Eisold warf einen Blick zurück. Das Regiment lag im Schweigen hinter ihnen. Dann gelangten sie an einen Metallzaun, der schon nach wenigen Metern endete. Offenes Feld begann. „Halt", unterbrach Eisold ihren Lauf.

„Warum?" fragte Schuster. „Wir können doch gleich rüber."

„Nein, wir warten auf Eisenberg." Sie gingen in die Hocke. Minuten des Verharrens folgten. Ihre Augen irrten durch das Dunkel, das von einigen Positionslaternen unterbrochen wurde. Kurz darauf hörten sie Schritte. Eine vermummte Gestalt näherte sich.

„Neunundneunzig", stieß Eisold hervor. Eisenberg blieb stehen. „Kommt her!"

Sie traten heran. „Schönen Gruß von Fritzsche", sagte Eisold. „Wir bringen dir was mit."

„Fritzsche... Gut", stellte Eisenberg fest. „Na dann, beeilt euch. Das muss schnell über die Bühne gehen. Bei der Rückkehr aufpassen, wegen Postenkontrolle."

Sie nahmen das Feld in geduckter Haltung. Weiter voraus blinkten die Lichter des Dorfes. In einiger Entfernung sahen sie schemenhaft Gestalten in entgegengesetzter Richtung eilen. „Die sind vermutlich beim Munilager rüber", sagte Eisold halblaut. „Die sind vom Zweiten."

„Mensch, das macht richtig Laune", keuchte Schuster. Eisold drehte seinen Kopf zur Seite. Er musste lächeln. –

In der Kneipe bahnte er sich mit Schuster einen Weg durch die Anwesenden, zumeist Soldaten aus dem Regiment. Viele leerten auf die Schnelle ein Glas, bevor sie den Rückweg antraten.

Schuster durfte bei ihnen im Zimmer bleiben und wurde mit abgefüllt. Man feierte das gelungene Unternehmen. Gerber mochte noch nicht gehen. Bruckner hatte sich beruhigt. Schuster war den Alkohol nicht gewohnt, fühlte sich schnell wohl und wurde großmäulig, was Fritzsche eher erheiterte. Die ganze Zeit über beobachtete er Schuster, dem der Schnaps zu Kopf stieg. Als Schuster auf die Toilette ging, erhob sich Fritzsche von seinem Stuhl, wandte sich um und zog seine Hose ein Stück herunter. „Jungs, wetten, dass er das Zeug ohne mit der Wimper zu zucken säuft?" Er griff hinter sich nach Schusters Flasche, die noch zu einem Drittel Bier enthielt und urinierte hinein.

„Bist du verrückt?" fragte Bruckner.

„Da setz ich dagegen", sagte Gerber. „Zehn Mark, dass er's merkt." Grohmayer lachte wiehernd. Eisold stand auf. „Das ist ja zum Kotzen. Das könnt ihr nicht machen. Schließlich ist er mitgegangen." Er ging zur Tür.

„He", sagte Fritzsche drohend. „Warne ihn nicht. Ein bisschen Spaß muss auch sein."

„Ich will selbst pissen." Eisold verließ den Raum. Auf dem Flur kam ihm aufgekratzt Schuster entgegen. Für einen kurzen Moment begegneten sich ihre Blicke.

Als Eisold aus der Toilette trat, klappte weiter hinten eine Tür. Endlinger kam aus seinem Zimmer. „Eisold, komm mal, gut, dass du grad hier bist, schnell!"

„Was ist denn los?" Eisold folgte in die Stube. Strehlau hockte vor dem Radio. Er drehte lauter.

„Ist das 'n Song?" fragte Endlinger begeistert.

„Electric Light Orchestra", erläuterte Strehlau angespannt. Sie lauschten den sanften Klängen, bis sich die Töne entfernten. Schließlich schaltete Endlinger das Radio ab. Er schniefte leise. Sie schwiegen lange.

„Klasse", sagte Eisold.

„Midnight Blue." Strehlau lehnte sich zurück. „Ob man das nachspielen kann?"

„Bestimmt." Eisold sah zu Endlinger, der sich auf seinem Bett zur Wand gedreht hatte. Strehlau bedeutete Eisold behutsam, zu gehen. Endlingers Schultern zuckten. –

Eisold verharrte vor seiner Zimmertür. Aus dem Raum schallte dumpfes Gelächter. Er ging einige Schritte weiter ans Fenster der Giebelseite und starrte in das Licht einer Straßenlaterne. –

Schuster schaute mit glasigen Augen in die Runde. Fritzsche knallte die rechte Hand auf seinen Oberschenkel. „Du kannst aber auch einen Schluck vertragen. Gerber, zehn Mark!" Er wandte sich ihm zu. Gerber sog nachdenklich an seiner Zigarette. „Kriegst du noch, kriegst du noch", sagte er.

Wieczorek und Gleiritz bückten sich, traten unter dem Sperrband hindurch. „Blödsinn. So ein Theater", meinte Gleiritz. „Als würde hier 'ne Bombe ticken. Dabei sind die Messen gelesen. Die spinnen doch."

„Hm", machte Wieczorek. „Du kennst sie ja. Alles Trara." Sie schlenderten langsam über die Parkfläche. Hinter ihnen blieb ein Trupp Uniformierter und Zivilisten zurück. Gleiritz wandte sich um. Dann sah er zu Wieczorek. „Wie geht's mit deinem Stück voran?"

„Schleppend, muss ich ehrlich sagen. Ich find mit der Geige sowieso nirgends einen ruhigen Raum. Du hast's mit deiner Harmonika besser." Sie näherten sich dem Panzer. Sämtliche Luken waren geöffnet. Gleiritz und Wieczorek verhielten.

„Weißt du was?" Gleiritz setzte seine Tasche ab. „Wir werden den Alten fragen, ob wir die Bude neben dem Stab der Dritten nutzen dürfen. Da lagert nur Gerümpel. Das kann er uns nach dem nicht abschlagen."

„Mensch, gute Idee." Wieczorek entnahm seiner Tasche einen Plastiksack. Dann sah er verträumt über das Gelände jenseits des Parks. „Da hätten wir unsere Ruhe. Auch vor diesen Banausen."

Auch Gleiritz hatte einen Sack und noch eine Atemmaske herausgekramt. Er betrachtete sie lange und drehte sie in den

112

Händen. „Komisches Gerät. Unüblich." Sein Blick fiel auf den Panzer. „Zwei waren's, oder?"

„Ja, zwei", sagte Wieczorek.

„In treuer Pflichterfüllung", leierte Gleiritz. „Halbe Ladung reicht eben auch. Wo liegt der Unterschied?"

„Im Preis natürlich." Wieczorek sah zum weit entfernten Sperrband zurück. „Ja, ja, die Drecksarbeit."

„Na, mensch, drei Tage Sonderurlaub, das ist doch was", entgegnete Gleiritz.

„Da muss ich jedenfalls meine Gute beschwindeln. Das würde nicht in ihren Kopf gehen. Ist das nicht grotesk, Gleiritz? Die freut sich, dass ich mal heimkomme. Aber den wahren Grund kann ich niemals auf den Tisch legen. Das heißt, mit einer Lüge leben."

„Nee", sagte Gleiritz. „Du schweigst halt."

„Ist Schweigen nicht auch Lüge?" Wieczorek zog seine Atemmaske und Schutzhandschuhe über. Gleiritz tat es ihm nach. Sie griffen sich die Plastiksäcke und kletterten von beiden Seiten am Panzer empor. Dann verschwanden sie in den zwei Turmluken.

Von den Hallen führte ein Kabel in das Innere des stählernen Fahrzeugs. Gleiritz schaltete den Scheinwerfer an. Wieczoreks vermummtes Gesicht wurde geisterhaft beleuchtet. Seine Augen glitten an der Panzerwand entlang. Gleiritz öffnete seinen Plastiksack. Er reichte Wieczorek einen Spachtel. Dann klappte er den Richtschützensitz hoch, bekam mehr Platz. Wieczorek hielt den Beutel an die Wand und kratzte mit dem Werkzeug ein paar Hautfetzen in die Folie. Auf dem Boden gegenüber klaubte Gleiritz undefinierbare klumpige Stücke auf.

Kurze Zeit später begegneten sich die Blicke der beiden, verharrten kurz. Wieczorek nickte kaum merklich. Er packte Lappen aus und hielt sie Gleiritz hin. Dann sah er durch die geöffnete Turmluke nach oben. Die Dämmerung war längst hereingebrochen.

Kolzmann knallte die Tür hinter sich zu und entledigte sich seiner verschmierten Montur. „Mensch, hast du schon wieder ein Ölleck?" Hessel lachte. Fritzsche grunzte auf seinem Bett. Er lag zur Wand gedreht und versuchte zu schlafen. „Scheiße", sagte Kolzmann. „Kann sein, dass ich die Leitung dicht gekriegt hab. Mistbock, elender. Jetzt könnt ich einen Schluck vertragen."
„Wer wird denn mittags um zwei schon saufen?" fragte Wieczorek.
„Ach, ihr", brauste Kolzmann auf. „Ihr habt die Sorgen nicht."
„Lass mal", sagte Grohmayer und erhob sich. „Wenn das wieder passiert oder Öl tritt noch aus, kommen wir mit und helfen. Da musst du schon den Mund aufmachen." Grohmayer schraubte eine kleine Flasche Kräuter auf und reichte sie Kolzmann.
„Danke." Kolzmann trank, zündete sich eine Zigarette an und zog bequeme Kleidung über. Dann trat er auf den Flur, lief den Gang hinab und aus der Baracke ins Freie. Genüsslich sog Kolzmann den Rauch ein. Die Frühlingssonne warf ihre Strahlen über das umliegende Gelände. ‚Nachher duschen und abmatten', dachte Kolzmann. ‚Dann kann mich die ganze Welt am Arsch lecken.' –
Sie waren zu neunt in einer Baracke untergebracht, von denen mehrere im Lager der Nutzungsfahrer verstreut lagen. Das Lager selbst versteckte sich weitab vom Regiment in der Einöde der märkischen Landschaft. Im Umkreis von Dutzenden Kilometern

erstreckte sich das Sand- und Kiefernmeer des Heidegebiets. Abgeschnitten von der Zivilisation hausten hier die Fahrer der dritten Züge, auf viele Wochen. In einem nahe gelegenen Abschnitt ruhten die Panzer, auf denen bei der Ausbildung im Feld alle Kutscher herumritten, ohne Rücksicht auf die Baugruppen, vor allem die unerfahrenen Neuen.

Denn dann kamen die Kompanien angerückt, auf LKW's, nahmen die Fahrzeuge in Beschlag und praktizierten Schießrennen bis tief in die Nacht. Das Territorium, auf dem geschossen wurde, zog sich viele hundert Meter hin bis zum gegenüberliegenden Waldrand.

Wenn der Tross der Ausbildungstrupps sich entfernt hatte, blieben Kolzmann und die anderen zurück. Das Erbe zu verwalten hieß: verdreckte Innenräume säubern, geplatzte Schläuche flicken, verstopfte Filter reinigen... Der Preis der Freiheit. –

Gegen vier weckte Gleiritz Kolzmann. „Komm, Alter, vergiss dein Ölleck. Nach dem Kaffee machen wir Nagelprobe." Kolzmann tastete schlaftrunken nach seinen Zigaretten. Mit trägen Blicken verfolgte er das Treiben im Zimmer. –

Schließlich zogen sie los, langten kurze Zeit später am Panzerstellplatz an. „Kolzmann, deine Schüttel nehmen wir aber nicht", rief Gleiritz.

Hessel trieb mit einem Hammer den langen Nagel ein Stück in den Kiefernstamm. Fritzsche legte vor. Langsam näherte er sich mit seinem Panzer dem Baum, spielte mit der Kupplung und dem Gas. Er kam kurz zum Halten, doch dann schob er den Nagel mit dem Bug zentimeterweise hinter die Rinde. Mehrere versuchten es noch. Auch Hessel gelang es; er war ein gefühlvoller Fahrer.

Doch das Warten langweilte. –

Fritzsche verfolgte nicht mehr den Wettkampf. Er überlegte, an einem Baum lehnend. Schließlich löste er sich vom Stamm der Kiefer. „Gleiritz", brüllte er, „Wieczorek, wie sieht's aus? Wir fahr'n jetzt nach Brunnheide runter und heben in der Kneipe richtig einen." Kolzmann stellte den Motor ab. „Wie wollen wir da hinkommen?"

„Du kannst Fragen stellen. Mit meinem Bock natürlich." Die anderen warfen sich Blicke zu. „Mensch, mit dem Bock ins Dorf, das wär was", meinte Grohmayer. „Ich muss aber noch meine Kohle holen."

„Lass mal", sagte Fritzsche. „Das ist nicht so dramatisch. Ich hab genug einstecken."

„In weiser Voraussicht?" fragte Wieczorek.

„Na ja", sagte Fritzsche gedehnt. „Heut ist Sonnabend. Es ist langweilig. Was spricht dagegen?"

„Eine Kontrolle?" warf Hessel ein.

„Es kommt mit Sicherheit keine Kontrolle." Fritzsche schüttelte den Kopf. „Die haben heute andere Sorgen."

„Das ist 'n ganzes Ende bis Brunnheide", sagte Gleiritz.

„Müssen wir eben Gas geben." Fritzsche ergriff seine Kopfhaube. „Aufsitzen, Jungs."

Vier Mann fanden im Innern Platz. Die andern fünf fuhren außen mit, hielten sich an den Griffen des Turms fest. –

Sie parkten den Panzer unmittelbar neben einem Moskwitsch. Fritzsche verschloss die Luken und versteckte den Schlüssel hinter der Plane. Es gab ein großes Hallo in der Kneipe. Ereignisse dieser Art war man im Ort nicht gewohnt. Der Wirt brachte Biere, und die Fahrer verbrüderten sich wild mit den Einheimischen.

Hauptmann Plenzdorf war von gutmütigem Wesen, trotzdem in seinen Handlungen und Entscheidungen kompromisslos, schnell und sicher.

An diesem Sonnabendnachmittag jedoch wirkte der Kompaniechef unentschlossen. Er überflog den Dienstplan. Seine Frau war über das Wochenende zu ihrer kranken Mutter gefahren; nichts Ernstes, dass er hätte mitkommen müssen. Was sollte er jetzt tun? Plötzlich fehlte ihm seine bessere Hälfte. Hier in der Kaserne war alles erledigt.

Plenzdorf sann über die Soldaten und Unteroffiziere seiner Einheit nach. Im Prinzip schien es keinen Grund zum Ärger zu geben. Höchstens Fritzsche... Dessen anarchistisches Treiben war Plenzdorf stets ein Dorn im Auge. Er wurde den Verdacht nicht los, dass Fritzsche mit seinen Alkoholeskapaden andere ins Verhängnis zog.

Jetzt ein Besuch im Nutzungsfahrerlager? Warum nicht? Das Wetter war gut. Plenzdorf verließ das Gebäude und bestieg seinen Jeep. Er würde einmal durch die Lande rollen, nicht als Befehlshaber bei einer nervenaufreibenden Übung, sondern gleichsam als Reisender, die vorüber gleitende Landschaft genießend. Und diese haltlosen Burschen mit seinem unerwarteten Auftauchen überraschen.

Plenzdorf wusste, dass sie dort tranken. Wie sollten sie auch diese einsamen Abende überstehen? Aber er würde ihnen ins Gewissen reden, als Mensch, sie überzeugen, dass es auch maßvoll ging. Schließlich hatten sie Verantwortung. –

Plenzdorf ließ den Jeep weitab vom Fahrerlager stehen. Er näherte sich den Baracken zu Fuß. Das Schweigen hier machte ihn plötzlich beklommen. ‚Es ist schon nicht von der Hand zu weisen, dass man den Fahrern etwas zumutet, in der Einöde zu hausen', dachte er.

Plenzdorf betrat die Wege des Lagers. An den Baracken angekommen, verharrte er. Kein Geräusch war zu vernehmen, kein Lärmen, kein Gelächter. Das Zwitschern von Vögeln im hohen Gezweig machte Plenzdorf nervös. Zu seinen Füßen im umrahmten Geviert der Baracke bemerkte er einen aus Kiefernzapfen geformten Panzer im Sand, zurückgeblieben von einer Besichtigung durch hohe Offiziere.

Plenzdorf ging in die Baracke, beschritt den Flur. Die Zimmertür war offen, der Raum der Fahrer unordentlich, wie üblich. Plenzdorfs Blick glitt über die Betten, die Spinde, den Tisch. ‚Ausgeflogen', dachte er. Er sank auf einen Hocker. ‚Was treibe ich mich hier herum?' Plenzdorf konnte seine Augen nicht von den kleinen Utensilien der entwichenen Bewohner lassen. Seine Hände griffen nach einer Kaffeetasse. Zerstreut dachte er an seine Frau, die jetzt bei ihrer Mutter weilte.

Dann erhob sich Plenzdorf, eilte zum Jeep und fuhr zum Nutzungspark. Auch hier war alles ruhig. Leichter Dieselgeruch hing in der Luft. ‚Sie waren vor kurzem hier', folgerte er. Plenzdorf ging langsam hangabwärts in Richtung Schießgelände. Erneut befiel ihn Verlassenheit. ‚Wenn hier geschossen wird, ist Leben in der Bude', ging es ihm flüchtig durch den Kopf. ‚Aber diese Ruhe. Wie nach einem Krieg.' Plenzdorf wandte sich um. In der Reihe der geparkten Panzer klaffte eine Lücke. Er lief zurück. Dann bemerkte er den Nagel im

Stamm einer Kiefer. Er berührte ihn grübelnd mit dem Finger. ‚Nur Possen im Hirn, diese Idioten', dachte Plenzdorf.

Mit einemmal wurde ihm klar, was hier lief. Er sah nach den Nummern der Fahrzeuge. Fritzsches Bock fehlte. Plenzdorf fuhr nach Brunnheide.

Dröhnendes Gelächter erfüllte den Schankraum. Fritzsche erzählte kernige Witze. Seit drei Stunden saßen die Fahrer bereits in der Kneipe. Doch dann mahnte Gleiritz zum Aufbruch. Nur widerstrebend gaben die Dörfler die Armisten frei. Man wolle sich mal wieder treffen, versprachen alle. „Jetzt geht's ab in die Heia", gröhlte Fritzsche. Er zahlte, Stühle wurden gerückt, Hände geschüttelt.

Kolzmann trat als Erster hinaus. Es begann bereits zu dunkeln. Die anderen drängten nach, verließen das Gebäude. „Scheiße, wo ist denn der Bock?" rief Kolzmann verstört. Der Platz neben dem Moskwitsch war leer. Wie angewurzelt blieben die Fahrer stehen. Mit einemmal wich die Trunkenheit von ihnen.

Ihre Augen wanderten suchend nach links, die Straße hoch. Auf Steinwurfweite entfernt wartete Plenzdorf, die Hände in den Taschen der Uniformhose, lässig, die Mütze in die Stirn geschoben. Neben ihm stand der Jeep und dahinter ein LKW mit geöffneter Ladeklappe. „Meine Herren", donnerte Plenzdorf, „aufsitzen!"

Selbst Fritzsche hatte es die Sprache verschlagen. Widerspruchslos und tuschelnd kamen sie der Aufforderung nach. Plenzdorf ließ die Delinquenten ohne Regung an sich vorüberziehen. Einige Dörfler, die vor dem Lokal lungerten, zogen sich wieder zurück. Es waren ihre Sorgen nicht.

Ein Gefreiter, den sie nicht kannten, offenbar der Fahrer, schloss die Ladeklappe. Ein anderer Offizier verharrte im Hintergrund. Dann stiegen die beiden in die Kabine. Plenzdorf fuhr mit seinem Jeep hinterher.

Auf der Ladefläche versuchte man die Lage zu beurteilen. „Wieso haben wir den Motor nicht gehört?" klagte Wieczorek.

„Bei dem Gebrülle in der Kneipe. Wir waren unvorsichtig!" Gleiritz sah zu Fritzsche hinüber. „Der Lukenschlüssel, der war bestimmt wieder hinter der Plane, oder?"

„Es gibt viele Lukenschlüssel. Was hätte das geändert?" sagte Fritzsche aufmerksam. „Seid doch mal ruhig!" zischte er und legte sein Ohr an das Fahrerhaus. Sie schwiegen, wurden auf der unbefestigten Straße durcheinander gerüttelt. „Raketenbatterie?" fragte Fritzsche plötzlich. Er löste sich von der Kabine und wandte sich den Übrigen zu. „Die wollen uns in den Knast bringen!"

„Wo ist denn hier eine Raketenbatterie?" fragte Grohmayer.

„Das stimmt. Da ist ein Kumpel von mir stationiert", sagte Gleiritz. „Mitten in der Wildnis. Ist logisch."

„Scheiße. Die spinnen doch." Hessel hob mit der Hand ein wenig die Plane an.

„Wir können vielleicht froh sein, dass sie uns nicht nach Schwedt bringen", warf Kolzmann ein.

„Na, so schnell schießen die Preußen nicht", unterbrach Fritzsche. „Hier ist auch früher schon so viel gesoffen worden. Ich hätte davon gehört."

„Aber mit dem Bock auszubüchsen?" Hessel sah in die Runde. – Der Wagen bremste. Sie hörten die Tür des Jeeps knallen. Vor ihnen musste sich der Kontrolldurchlass der Batterie befinden.

120

Laute barsche Worte wurden gewechselt. Stiefeltritte wuchsen heran. Minuten vergingen.

Wieczorek lehnte sich zurück. „Da kollidiert was. Das kriegen die nicht in den Griff."

„Hoffen wir's", sagte Gleiritz.

Plötzlich stieg Plenzdorf wieder in den Jeep. Auch die Türen des LKW's schlossen sich. Die Fahrzeuge setzten sich erneut in Bewegung, wendeten. „Was soll denn das alles?" fragte Kolzmann entnervt.

„Wenn man richtig drüber nachdenkt, ist ihr Knast schlicht und einfach voll belegt", sagte Fritzsche.

„Vielleicht haben wir noch mal Schwein gehabt." Grohmayer zündete sich eine Zigarette an. –

Im Nutzungsfahrerlager saßen sie ab. Plenzdorf schickte den Offizier und den Gefreiten samt LKW zurück ins Objekt. „Alle rein in die Bude", befahl er.

Sie trotteten in die Baracke, dann auf das Zimmer. Plenzdorf schloss hinter ihnen die Tür. Er setzte sich ermattet, legte die Mütze ab, sah von einem zum andern. Fritzsche, Wieczorek und Gleiritz hockten auf den Betten, der Rest hatte sich auf den Hockern niedergelassen.

„Was ist mit Kaffee?" fragte Plenzdorf. Kolzmann erhob sich langsam. Dann warteten alle, betreten schweigend, bis der Tauchsieder die Flüssigkeit zum Sieden brachte. Plenzdorf schaute sich müde und abwesend im Zimmer um. Die Ruhe lastete schwer im Raum. Grohmayer schüttete Pulver in die Tassen, Kolzmann goss Wasser auf.

„Danke", sagte Plenzdorf. Er knöpfte seine Jacke auf. Sein Blick ruhte wieder auf den Fahrern. „Wie soll ich anfangen?" begann er. „Meiner Schwiegermutter geht's nicht gut. Wen interessiert das schon, wie es der Schwiegermutter eines Kompaniechefs geht. Meine Frau ist über das Wochenende zu ihr gefahren. Ich war plötzlich ganz einsam, so wie ihr." Plenzdorf nippte am Kaffee.

„Da hab ich mir gedacht, schau doch mal nach diesen armen Burschen…!" Sein Ton wurde schärfer. „Doch - so arm seid ihr nicht dran. Was, Fritzsche? Not macht erfinderisch."

Fritzsche senkte den Kopf, sog resigniert an seiner Zigarette.

„Da nehmt ihr einen Panzer", sprach Plenzdorf weiter, „sattelt ihn und ab in den nächsten Ort. Du bist nicht John Wayne, oder?" Er lächelte bitter. „Abgesehen vom Ansehen der Armee in der Bevölkerung, was ohnehin schon zweifelhaft ist, habt ihr euch ein weiteres Armutszeugnis ausgestellt. Ein vagabundierender führerloser Haufen, der sich gleichsam mit dem Hauch von Okkupanten umgibt. Das ist das, was zurückbleibt, was von Hütte zu Hütte, von Haus zu Haus weitergereicht wird. Ihr habt der ganzen Sache einen Bärendienst erwiesen. Der Sache, um die es mir geht. - Fritzsche, wackel nicht mit dem Kopf! Du hast noch wie viel Tage? Lächerlich! Ich hab noch 'ne Weile zu dienen. Ich lass mir das nicht zerstören. Ich muss doch alles ins Reine bringen. Kerle, was bereitet ihr mir für Sorgen? Muss das sein?" Plenzdorf schlug mit der Faust auf den Tisch. „Ihr wollt nur nach Hause. Ich will Major werden, wenn ich schon mal hier bin…"

Dann trank er wieder vom Kaffee. „Er ist schon kalt", stellte er fest. „Weil ich so viel reden musste. - Wenn sich solche Geschehnisse wiederholen, muss ich euch nach Schwedt bringen. Dann kenn ich keinen mehr, ob er Gleiritz oder Fritzsche

122

heißt." Plenzdorf erhob sich. „Ich fahr retour. Lasst euch das Gesagte durch die Köpfe gehen. Und, Fritzsche, bei deiner Ehre als Kutscher, setz hier Ordnung durch." Er griff nach seiner Mütze. Seine Blicke glitten erneut im Raum umher. „Danke für den Kaffee", sagte Plenzdorf schließlich. Dann ging er zur Tür.

Lange blieb es Gemunkel, dann war es Gewissheit, Tatsache: der Umzug des gesamten Regiments.

Sie ließen den idyllisch gelegenen Flecken im Wald zurück. Er sollte einem anderen Zweck anheim fallen. Es folgte die übliche Bahnverladung der Technik, diesmal mit Sack und Pack...

Der neue Kasernenkomplex mit modernen mehrgeschossigen Plattenbautrakten bildete eine riesenhafte Anlage, daran angeschlossen ein weiträumiger Fahrzeugpark. Betonklötze, Stahltore, Glas, Sterilität. In diesem Objekt wuchs kein Baum.

Die Unterbringung der Armisten war bis ins kleinste Detail organisiert worden. Mit den glatten Bauwerken und den markierten Wegen zog Geradlinigkeit in die Hirne der Offiziere. Ab dem Tag der Ankunft wurde die Durchsetzung von Disziplin und Ordnung zur Hauptaufgabe der Führung. Die Obrigkeit fühlte sich im Fokus der Division.

Doch die Zäsur kam einer vorübergehenden Lähmung gleich. In die Querelen dieser Zeit fiel die Entlassung Fritzsches und dessen Kameraden, die man fast nicht wahrnahm. Ein Appell, ein Abschied, das war alles...

Eisold kam auf ein Fünfmannzimmer, zusammen mit Kolzmann und Schlehm. Er kannte beide gut. Zwei Dienstjüngere komplettierten das Quintett.

Wellhofer betrat den Waschraum. Er sah Eisold, der sich die Zähne putzte. „Kolzmann sagte, dass du hier bist." Eisold hielt inne, spülte und stellte den Becher weg. „Mensch, was treibt dich denn her?"

„Man sieht sich kaum noch. Rauchst du eine mit?"

„Aber immer." Sie schwiegen und lehnten sich an den Rand der Becken.

„Wir werden die Nächsten sein", sagte Wellhofer. „Die Nächsten, die gehen." Eisold atmete tief durch. „Da hast du wohl Recht. Eigenartiges Gefühl."

„Ich freu mich unsagbar drauf." Wellhofer lächelte matt.

„Ich auch. Aber das wird noch ein langer Sommer."

„Ach was", meinte Wellhofer. „Der geht vorbei." Er sah grübelnd vor sich hin. „Der letzte Sommer… - Weißt du noch? Wie muss sich Lobach gefühlt haben?"

„Ich weiß nicht recht. Es ist alles so anders geworden."

„Stimmt, alles ist anders. Wozu Terror machen? Was soll das Ganze auch? Man übersteht die Zeit. Aber manche haben eben Probleme damit." Wellhofer sog nachdenklich an der Zigarette.

„Es werden alte Hierarchien brechen", sagte Eisold, „sogar Freundschaften. Sind es nicht zuletzt Freundschaften auf Zeit?"

„Sie eher beendet zu sehen, fändest du gut?" Wellhofers Gesicht verdüsterte sich.

„Aber nein. Ich hab nur laut gedacht. Ich hab vielleicht etwas vorgegriffen. Nicht nur unsere Dienstzeit geht vorbei." Eisold sah Wellhofer an. „Ich meine nur - man führte uns zusammen. Man wird uns trennen. So einfach ist das."

Haberkorn, ein korpulenter Gefreiter aus Eisolds Kompanie, besaß einen ruhigen ausgeglichenen Charakter. Mitte Zwanzig, verheiratet, Vater eines Sohnes, konnte ihn so leicht nichts erschüttern.

Doch in letzter Zeit wirkte er abwesend und in sich gekehrt. Auch er war EK und sah nur noch dem letzten Halbjahr entgegen. Man ließ ihn in Ruhe und war doch verwundert, dass er einige Kameraden diesmal beim Ausgang begleitete.

Bei schönem Wetter ging es in die Kneipe des Orts. Haberkorn, aufgeräumt und gutgelaunt, beteiligte sich an den Witzeleien, was er in der jüngsten Vergangenheit nie getan hatte. In bester Stimmung wurde Alkohol verkonsumiert.

Doch nach dem dritten Bier verfiel Haberkorn erneut der Melancholie. Rottmann, sein Zimmerkumpel, drängte leutselig: „Was ist denn bloß los mit dir? Dein Zustand ist wirklich zum Kotzen."

Haberkorn stierte auf die Tischdecke. „Sie hat mich beschissen, das Miststück."

„Welches Miststück?"

„Meine - meine Frau." Haberkorn drehte langsam den Kopf zu Rottmann. „Sie hat die Scheidung eingereicht." Rottmann glotzte regungslos. „Verstehst du? Sie hat einen anderen!"

„Ach, das glaub ich nicht."

„Sie hat's mir brühwarm geschrieben!" zischte Haberkorn. „Ich frag mich allerdings, was der hat, was ich nicht habe. Guck mich an!" Rottmanns Blick glitt an Haberkorn herab. „Der Unterschied", sagte er, „liegt wohl darin, dass er dort bei ihr sein kann, und du bist immer hier, immer nur hier…"

„Halt die Fresse!" sagte Haberkorn. „Das weiß ich selbst. Das hat sie auch geschrieben…"

„Du musst sofort Urlaub einreichen", riet Rottmann. „Die Sache klarstellen."

„Scheiße. Nix Urlaub. Das interessiert die doch gar nicht. Da hat keiner ein offenes Ohr für Probleme."

„Schreib noch mal."

„Du Idiot. Was meinst du, was ich allabendlich tu?" –

Auf dem Rückweg zur Kaserne sprach Haberkorn kein Wort mehr. Gedämpfte Unterhaltungen der anderen, ab und an von einem Lachen unterbrochen. Mürrisch sah Haberkorn gelegentlich an den Kiefernstämmen empor, die beiderseits der Straße thronten. Er hatte die Uniformmütze in die Stirn geschoben. Rottmann beobachtete ihn sorgenvoll.

Am Kontrolldurchlass ließ sich Haberkorn zurückfallen, war als Letzter zu kontrollieren. „Ausgangskarte!" forderte der Soldat am Tor.

„Hab ich", sagte Haberkorn.

„Vorzeigen!"

„Mensch, so ein Unfug." Haberkorn fingerte umständlich die Karte hervor.

„Wehrpass!"

„Was ist los?"

„Wehrpass ist mitzuführen." Der Soldat wich etwas zurück. Die anderen hatten sich schon entfernt, verhielten aber.

„Du willst meinen Wehrpass sehen, du Glattnatter?" begehrte Haberkorn auf. Der Soldat drehte sich zum Fenster um.

„Genosse Oberfeldwebel…"

Haberkorn stieß den Soldaten zur Seite und bahnte sich einen Weg. „So ein blöder Ochse." Schon war der Oberfeldwebel da. „Genosse Gefreiter...!"

„Was ist noch?"

„Was gibt's für Probleme?"

„Sein Wehrpass..." stotterte der Soldat. Haberkorn lief weiter. „Genosse Gefreiter, kommen Sie zurück!" rief der Oberfeld. Haberkorn wandte sich zurück und ging behände auf den Wachhabenden zu. Der wuchtige Schlag riss den Oberfeld auf das Steinpflaster. Haberkorn zerrte ihn wieder hoch. „Ich werde verrückt! Was wollt ihr von mir? Ihr miesen Schweine, Leuteschinder..." keuchte er.

„Sofort loslassen!" Der Oberfeld rang mit Haberkorn. Rottmann war mit den anderen zur Stelle. Sie griffen Haberkorn von beiden Seiten. „Lass doch den Mist!" rief Rottmann.

Unterdessen hatte der Soldat die Wache alarmiert. Haberkorn wand sich, doch schon resignierter. „Feine Kameraden seid ihr..."

„Was willst du denn machen? Das wird doch nur noch schlimmer!" Rottmann schüttelte Haberkorn.

Der Oberfeld, seine Uniform ordnend, meinte lapidar: „Schon schlimm genug. Das bringt ihn nach Schwedt!"

„Hast du 'ne Stange im Arsch?" rief Kienast dem Soldaten nach, der die Zimmertür offen gelassen hatte. Doch Rudert trat in den Raum und schloss sie hinter sich. „Sag mal, haben die hier alle eine Macke? Wir sollen zum Abendessen marschieren. So was sagen die einem Resi."

„Ich weiß schon. Der UvD macht auch schon Wind. Hat seinen Gehilfen geschickt." Kienast ging zu seinem Spind, entnahm Brot und Wurst. „Die können uns kreuzweise. Hausmannskost...", sagte er und legte die Sachen auf den Tisch.

Die fünf Reservisten rückten zusammen. Vor einer Woche hatte man sie erneut eingezogen, nach Jahren des Zivillebens. Im Grunde mit vielen Freiheiten bedacht, versuchte man doch, sie in den Armeealltag einzubinden.

Rudert setzte Kaffee an. „Aber nur eine Tasse", meinte Kienast, „nachher gibt's Dickes."

„Ja, wart nur, bis alles bisschen ruhig geworden ist." Rudert setzte sich hinzu und langte nach dem Brot.

„Ich hätte nicht gedacht, dass sich die Tage so dahinschleppen." Kienasts Blicke irrten durch das Zimmer, über die Spinde. „Mensch, heute hätte ich normalerweise Spätschicht."

„Siehste", sagte Ebert, „brauchste nicht an der Maschine zu stehen."

„Ich wär trotzdem lieber zu Hause." Trotzig schnitt Kienast Wurst auf.

„Ist doch Klasse, sich's hier mal so richtig gut gehen zu lassen", entgegnete Ebert.

„Du Ochse bist ja auch nicht verheiratet." Kienast wurde wütend. „Los, Rudert, gib die erste Pulle schon her. Ich schieb gewaltigen Frust." –

Gegen elf wurde dem UvD der Lärm und das Gelächter lästig. Im Zimmer der Reservisten war die Luft stickig. Kienast und die anderen hockten mit geröteten Gesichtern auf ihren Schemeln und diskutierten. „Ich weiß, ihr seid Resis und schon gar nicht mehr hier, aber kann's etwas leiser gehen."

„Mensch, lass das Brett zu. Wir wollen unsere Ruhe haben. Was geht uns eure Scheißarmee an", brüllte Kienast und fuchtelte mit der Hand.

„Aber die anderen müssen früh raus…"

„Früh raus… Mach jetzt, dass du fort kommst." Der UvD schloss die Tür.

„So ein Rindvieh. Das hätten wir uns früher mal erlauben sollen, den Resis auf den Keks zu gehen." Kienast schenkte nach. Er erhob sich und wankte zum Fenster. „Scheißmief hier. Ich mach mal auf." Er öffnete weit und sah hinaus. Rudert trat hinzu und sog die Abendluft ein. „Ich finde diese modernen Bauten zum Kotzen. Früher hatten wir Baracken, später maximal zwei, drei Stockwerke. Die bauen immer höher. Ist ja wie im Hochsicherheitstrakt."

„Scheiße!" brüllte Kienast aus dem Fenster. „Ihr glatten Schweine! Ach, leckt mich doch alle!" Er ging zum Tisch zurück, griff nach der Wodkaflasche.

Der UvD erschien in der Türfüllung. „Jetzt reicht's! Es ist eindeutig zu laut!"

„Halt die Schnauze!" Kienast warf die Flasche zur Tür. Der UvD wich zur Seite. Die Scherben verteilten sich im Flur. „Mach die Tür zu. Bist du im Zelt geboren?"

„Da war noch was drin", meckerte Ebert.

Kienast, aus dem Konzept gebracht, sah von Ebert zum UvD. Er hob beide Hände. „Okay! Wir machen's anders." Kienast ging schwankend Richtung Tür. „Weißt du was, UvD, wir nehmen die Tür raus. Das geht mir auf den Senkel, auf und zu, auf und zu… Hau ab." Er schob den Unteroffizier zur Seite. „Gute Idee", lallte Ebert. Rudert nickte unterstützend. „Wir nehmen - die Tür -

raus...", ächzte Kienast und hebelte mit Mühe das Brett aus den Angeln. Er lehnte es gegen die Wand und atmete schwer.

„Hau sie am besten gleich aus dem Fenster." Ebert lachte. „Sonst hängt sie der UvD wieder ein." Rudert saß mit hängendem Kopf am Tisch. „Passt nicht durch. Sie passt nicht durch", murmelte er halblaut.

„Was?" fragte Kienast. „Was passt nicht? Halt!" Er drängte den UvD von der Tür. „Das passt alles. Ich mache es passend." Kienast schwankte erneut. Dann griff er die Tür mit beiden Händen und trottete zum Fenster. „Klar doch, weg damit, Ebert!"

„Warte, ich pack mit an", nuschelte Ebert und machte den Versuch, emporzukommen.

„Nein, danke, das schaffe ich - allein..." Mit kleinen Schritten erreichte Kienast das Fenster. „Die blöden Schweine sollen ihr blaues Wunder erleben."

„Mensch, nein", begehrte der UvD auf.

„Gib Ruhe", drohte Ebert.

Kienast wuchtete die Tür auf das Fensterbrett. „Und ob sie passt. Und - auf Wiedersehen..." Kienast schob den Vorderteil der Tür aus dem Rahmen ins Freie und beugte sich darüber, wollte sie hinaus stoßen Doch plötzlich verlor er den Boden unter den Füßen, lag auf dem Brett. Sein Gewicht verlagerte sich nach vorn. Der hintere Teil der Tür hob sich. Rudert, Ebert und die anderen sahen mit Entsetzen, wie Kienasts Körper mitsamt der Tür aus der Fensterfüllung fiel. Sekunden vergingen. Dann hörten alle das hölzerne Splittern und Krachen.

Vier Stockwerke tiefer wand sich Kienast unter Schmerzen auf dem Wiesengeviert... -

Erst Wochen später erfuhren sie von seiner Querschnittslähmung.

„Absitzen!" erscholl der Befehl aus dem Kopfhörer. Eisold riss die Haube herunter, knallte sie auf den Bug. Er richtete sich auf dem Fahrersitz auf. Schweiß rann ihm über die Wangen.

Vor ihm breitete sich das glitzernde Band des Flusses aus, von der Sonne beschienen, und warf seine Fluten beiderseits in weite Ferne. Man konnte einige sandige Uferabschnitte erkennen. In der Mitte des Stroms wuchsen rote Begrenzungsbojen aus dem Wasser. Das musste die Furt sein, die für sie vorgesehen war.

Das Bataillon war hier zusammengekommen, um die alljährliche Durchquerung der Elbe zu meistern. Die Fahrzeuge wurden abgeparkt. Die Besatzungen strömten in die vorbereiteten Zelte. Hier traf Eisold auch auf Wellhofer, Briegandt und Hessel. Seit langer Zeit waren sie wieder Koje an Koje untergebracht. Man hatte den Fahrern eine gemeinsame Unterkunft eingeräumt.

„Da hast du deinen letzten Sommer", sagte Eisold zu Wellhofer. Die vier umarmten sich, schnell und herzlich. Dann wandte sich Eisold an Hessel, legte die Hand auf dessen Schulter. „Ich hab das mitgekriegt, das mit deiner Mutter. Es - tut mir sehr leid... Hattest du Urlaub bekommen?"

„Ja." Hessel sah Eisold an.

„Wie hat es dein Vater verkraftet?" fragte Eisold.

„Na ja, es geht so", meinte Hessel einsilbig.

„Wie, es geht so?"

„Es geht eben. Es muss gehen. Ich - bin ja auch bald wieder daheim."

131

Die Kameraden sahen zu Hessel, bis Wellhofer das Schweigen brach: „Wenn wir diese Scheiße hinter uns haben, ist alles gelaufen", bemerkte Wellhofer. „Augen zu und durch."

„Ich muss zugeben, dass mir wieder die Muffe geht, auch beim dritten Mal." Briegandt packte seine Utensilien aus. –

In der Nacht donnerte entfernter Lärm am Fluss. Kettenklirren, Motorengeräusche, barsches Brüllen. Nach zwei Stunden fanden sie endlich Schlaf. –

Mittagshitze waberte über den Zelten. Die Besatzungen machten sich bereit. Wellhofer löffelte eine Büchse Leberwurst aus. „Dass du jetzt noch essen kannst", sinnierte Briegandt. „Ich krieg keinen Bissen runter."

„Eben. Es könnte ja der letzte sein", sagte Eisold.

„Hoffentlich sind die Böcke ordentlich abgedichtet", meldete sich Hessel. „Mit dem Arsch im Wasser, das halte ich für äußerst unangenehm."

Die Zeltplane hob sich. Ein Leutnant erschien. „Es geht los. Nur Mut!" Briegandt griff zögernd nach seinem Sauerstoffgerät, das neben der Koje lagerte. „Was denn, was denn, meine Herren! Heut nacht nichts bemerkt?"

Die Augen richteten sich auf den Offizier. „Na was! Der große Bruder hat in der Nacht die Elbe überquert! Aus dem Handgelenk! Die Russen! Ohne alles, einfach so. Ein ganzes Regiment. Da gibt's kein Gemecker. Von der Sowjetarmee lernen heißt siegen lernen." Der Leutnant lächelte spitzbübisch. „Allerdings munkelt man…" Er unterbrach sich und wandte sich um, ging aus dem Zelt.

Wellhofer schnappte das Sauerstoffgerät und eilte dem Offizier nach. „Genosse Leutnant, was munkelt man…?"

„Ihre Schwimmweste, Mann!" Der Leutnant wurde unwirsch. „Holen Sie Ihr Zeug!"

„Sofort, Genosse Leutnant!" Wellhofer heftete seinen dunklen Blick auf den Offizier. „Was munkelt man?"

Der Leutnant sah nervös um sich. Geschäftiges Treiben auf dem Vorplatz hatte begonnen. „Ja, Mann, man munkelte von Verlusten."

„Was für Verluste?" insistierte Wellhofer.

„Verluste eben. Ertrunkene, mensch. Das hab ich nie gesagt. Jetzt raus hier, seid froh, dass bei uns alles geregelt ist. Alles dicht." –

Hessel umrundete sein Fahrzeug. Heckklappen zu. Flatterventil am Auspuff befestigt. Nur der Druck aufs Gaspedal konnte es öffnen. Hessel bestieg den Panzer. Er hatte das Sauerstoffgerät und die Schwimmweste ordnungsgemäß angelegt. Mit verkniffenen Zügen nahm er im Fahrerraum Platz. Angesichts der Ausrüstung befiel ihn leichte Panik. Wie sollte man im Ernstfall etwas tun? Bei dieser räumlichen Enge? Obwohl, was konnte schon passieren? Die Piste markiert, der Bock abgedichtet.

Er dachte an das Foto zurück, das man im Vorfeld geknipst hatte. Alle vier Besatzungsmitglieder, aufgestellt in einer Reihe. Mit einemmal befiel Hessel Übelkeit, die aus der Magengegend hoch kroch. ‚Ich muss da durch, ein letztes Mal, und wenn es nur meines Vaters wegen ist', dachte er. ‚Und wenn der Bock absäuft, lasse ich ihn vollaufen, öffne die Fahrerluke und steige auf wie eine Luftblase, wie eine Luftblase…'

„Luke schließen!" klang es im Kopfhörer. Hessel griff nach links, schloss die Luke. Sein Blick glitt nach rechts, wie so oft, auf die Armaturen. Noch schwieg der Motor.

Der Rest der Besatzung war zugestiegen. Alle Luken wurden verriegelt. Die drei Panzer des Zuges standen hintereinander aufgereiht am Ufer. Hessel sah durch die Winkelspiegel. Vor sich erblickte er die Wasserfläche.

Dann das Knacken im Kopfhörer. Der Kommandant war am Funk. „Alsdann, Alter. Packen wir's." Kurzes Schweigen. „Motor anlassen." Hessel startete. „Tausendvierhundert Umdrehungen einstellen." Hessel regulierte. „Eingestellt", meldete er. Wieder Wartezeit. Dann war der Zug bereit. „Turm gezurrt, Lenzpumpe an", stellte der Kommandant fest. Hessel wurde ruhiger. „Ersten Gang einlegen." Hessel trat die Kupplung und rammte den Hebel ein.

„Vorwärts!" Hessel ließ die Kupplung kommen. Das Fahrzeug setzte sich in Bewegung. Er atmete tief ein und aus. Vor seiner Brust baumelte das Mundstück des Sauerstoffgeräts. Die Wasserfläche rückte heran. Dann senkte sich der Bug des Panzers langsam in die Fluten. Hessel spähte angestrengt durch die Spiegel. Die Wassermassen hoben sich empor. Vor den Spiegeln verschwamm es gelblich, dann braun. Schließlich umgab ihn tintenschwarze Nacht. Ab jetzt fuhr er blind. „Gut so, Kurs halten." Die Stimme des Kommandanten im Kopfhörer. Hessel hatte wieder das Gefühl, auf der Stelle zu treten. „Etwas links!" Er lenkte gegen. „Ja, so bleiben. - Temperaturen?"

„Wasser hundert, Öl neunzig!"

„Hundert, neunzig", echote es.

Dann drang Wasser ein, durch die Ritzen der Fahrerluke.

„Dachte ich mir! Die Brühe kommt", meldete Hessel.

„Hier hinten auch", meinte lakonisch der Kommandant.

Hessel lief das Wasser in den Kragen der Kombi, über den Rücken. Es war von eigenartiger Kälte.

„Etwas links!" Hessel berührte wieder den Lenkhebel. „Zu weit! Etwas rechts! Rechts...! Wo ist... Gut! Halt! Ich meine, gerade! Gut! Kurs halten! - Ganz ruhig! Alles okay?"

„Hundertfünf, fünfundneunzig!"

„Wie? Ah, hundertfünf, fünfundneunzig!"

Hessel stierte ins Dunkel, ins Nichts. ‚Wie muss es im Krieg gewesen sein', dachte er flüchtig. ‚Mit heiler Haut davonkommen, ohne Feindberührung.'

„Etwas links!" Er steuerte. „Hundertzehn, hundert!"

„Hundertzehn, hundert! Wir sind gleich durch."

‚Wann erscheint das jenseitige Ufer, verdammt?' Hessel saß längst mit dem Hintern im Wasser. Es kroch langsam zu den Hüften. Doch plötzlich wurde er gelassen. ‚Es ist gleich vorbei', redete er sich ein. ‚Richtig in der Scheiße sitzen, ein letztes Mal, das ist es doch. Das lohnt sich.'

„Etwas links!"

„Hundertfünfzehn, hundertfünf!"

„Etwas links! Gut so! So bleiben!" Kurzes Schweigen. „Ja, hundertfünfzehn, hundertfünf! - So, ich glaub, das war's dann! Wir sind so gut wie durch!"

Hessel war so besonnen wie noch nie. Unmerklich hob sich der Leib des Panzers an. Das Ufer...

Er presste erneut seine Augen an die Winkelspiegel. Vergessen schien die Nässe, die Kälte. Vor den Winkelspiegeln waberte braune Brühe. Diese herrliche braune Brühe, durchsetzt mit Schlammpartikeln. Gelbes Wasser flimmerte. ‚Wir sind raus', dachte Hessel. ‚Raus. – Bald geht's nach Hause.'

Helles Sonnenlicht brandete durch die Sehschlitze. Sie waren an Land. Er sah den Bug und lächelte.

„Temperaturen!" Die Stimme im Kopfhörer.

Hessel blickte nach rechts. „Hundertzwanzig, hundertzehn!"

„Klappen öffnen!" Hessel betätigte den Hebel.

Die Heckklappen öffneten sich krachend. Der Panzer dampfte.

„Motor laufen lassen! Leerlauf!" Hessel rammte den Hebel heraus, arretierte die Bremse. „Luken auf!"

Die Besatzung saß ab. Hessel öffnete den Fahrerraum. Er blickte in die Sonne...

Vor Ultimo

Eisold betrat das Zimmer. Seine Mitbewohner saßen im Clubraum der Kompanie und sahen sich einen Film an. Er mochte sich auf diese Weise nicht zerstreuen. Innere Unruhe hielt ihn in Bann. Er sah sich um. Die Abwesenden hatten bei ihrem Aufbruch verschiedene kleine Dinge zurückgelassen, auf dem Bett, auf dem Tisch, wie bei einer überstürzten Flucht. Doch das trog.

Eisold musste lächeln. So waren eben alle. Unordentlich, oberflächlich. Drei Jahre Armee hatten das nicht austreiben können. Er ging zu seinem Spind und betrachtete ihn, als sähe er ihn zum ersten Mal. Seine Augen wanderten über die aufgehängten Uniformstücke, über seinen Stahlhelm, die

Schutzmaskentasche. Er öffnete das Speisefach. Sein brauner Becher, ein vorrätiges Stück Kuchen, die grüne Besteckröhre...

Links von ihm hatte Kolzmann seinen Schrank. Er stand wie immer offen. An der Innenseite klebte ein Bild. Keine Nackte; Freunde aus einer jenseitigen Welt.

Eisold kramte aus seinem Spind ein Foto heraus. Er setzte sich an den Tisch, schob ein paar Gegenstände zur Seite und legte es vor sich hin. Das Foto hatte die Führung vor Tagen an der Bataillonstür knipsen lassen. Es zeigte Eisolds Kompanie, auf den Stufen zum Eingang stehend. Die EK's sollten es zur Erinnerung mit nach Hause nehmen. Einer Charge, der Eisold angehörte...

Auf der Abbildung sah man die Gesichter all jener, mit denen er zuletzt gedient hatte. In der vorderen Reihe stand Kolzmann, mit einem eigensinnigen Zug um die Mundwinkel. Links daneben Schlehm, ungeduldig, leicht aufgebracht, doch lächelnd. Dann Esslinger, verkniffen, griesgrämig. Rechts Eisold selbst. Er schätzte sich versteinert, verschlossen, emotionslos ein. Und die anderen dahinter; eine sonderbar anmutende Vielfalt von Portraits; die Komparsen vereint in der Gesamtheit, jedoch einsam Schulter an Schulter, mit dem ins Antlitz geschriebenen Zorn, der Trauer, dem Trotz, dem stillen nutzlosen Aufbegehren. Umrahmt von Schneidigkeit, Arroganz und Wehrhaftigkeit erschien das Bild fast grotesk.

Eisold sah durch die Fensterscheiben. ,Wenn im Herbst die Rehe ficken, muss uns der Spieß nach Hause schicken', dachte er belustigt. Er starrte eine Weile auf den gegenüberliegenden Gebäudetrakt. Alles quadratisch, vermessen. Ein modernes Gefängnis.

So lange waren sie hier gewesen, hinter den Mauern, in den Räumen, auf den Fluren. Er kannte diese Tische, diese Zimmer; sämtliche Manien, Stärken und Schwächen von Gleichgestellten und Vorgesetzten, gleichsam wie unter dem Mikroskop seziert.

Illusionen waren zerbrochen, eine kleine Säule dieses Staates zu bilden. Haltlos die Versprechungen der Obrigkeit, eine Zukunft zu glätten. Eine Zukunft, in der jeder Student, der nur studieren durfte, weil er drei Jahre abdiente, das nun nicht mehr vorhatte, verblödete und sein Faible aus den Augen verlor. Sinnlos die Bemühungen, seine Sache gut zu machen, weil der Wille im Sande verlief. Hirnlos die Verbote, ein Fehlgriff das Klüngel der Offiziere. Ein Irrtum der „Sinn des Soldatseins", der Titel des Buches, das jeder bekommen und nicht gelesen hatte. Wer hatte es gelesen? Gonschorek?

Drei Jahre waren eine lange Zeit. Dreimal war Schnee gefallen, und die Frühlingssonne hatte ihn aufgesogen und der Sommer den Schweiß aus ihren Körpern getrieben. Jetzt schloss sich die unheilvolle Trilogie der Wiederholungen mit dem Fallen des Laubes und würde die Kandidaten in die heimatlichen Städte und Stuben drängen.

Seit sechsunddreißig Monaten kannte Eisold nur diesen wirren Haufen gestresster, mutloser, brutaler und unausgeglichener Menschen, diese sorgenvolle zusammen gewürfelte Truppe, die sich selbst wie unter einem Zwang gepeinigt, geschlagen und getröstet, betrunken und ausgenüchtert hatte.

Die vergangene Ära verband Eisold mit den Schicksalen Unzähliger, mit ihren Schwierigkeiten und Nöten, die niemand zu lösen vermochte, mit ihren erstickten Hoffnungen, die keiner erfüllte. Abgeschottet von der Wirklichkeit, die draußen existierte und in einem gelegentlichen Urlaub nur schemenhaft wahrgenommen wurde, hatten sie hier den Anschluss verpasst und nur die psychologische Kriegführung untereinander bis ins Detail exerziert. Darin waren sie Meister. Der wahre Feind stand nicht hinter einer Grenze; er war ihr engster Nachbar. Gemeinschaft und Zusammenwirken blieben stets Wunschvorstellung, Hirngespinst; gefördert und lanciert nur Zwist, Intrigen und Winkelzüge. Gedrillt auf unterdrückten Schmerz und Einsamkeit in der Menge männlicher Pendants war ihr langer Auftritt zu einer Schmierenkomödie mit bizarren Hauptdarstellern ausgeufert. In den Abgründen von Niedertracht geisterte nur selten Wärme und Kameradschaft.

Es sollte wohl die Schule sein, die Tretmühle. In diesem Ablauf gerieten Gemeiner und Vorgesetzter allerdings gleichermaßen. Die Offiziere, die ihre Entscheidung, länger zu dienen, längst bereut hatten, wurden zu Marionetten. Auch sie wünschten sich aller halben Jahre hinaus aus dem Hamsterrad…

Eisold trank den vergessenen erkalteten Kaffee Kolzmanns. Bald würde es vorbei sein. Nie wieder.

‚Nie wieder werde ich einem Bus hinterherrennen', dachte Eisold. Er sah auf das Bett Schlehms. ‚So glatt zieh ich das nie wieder. Ich falte nicht, ich ordne nicht, das fällt aus. Ich werde keine Uniform haben, ‚Haken zu' wird mir niemand mehr befehlen. Ich werde eine eigene Toilette besitzen. Nix Frühsport.

Ich werde keine Granaten mehr schleppen, keine vierzig Kilo schwere Batterien wechseln. Mit meinen einsachtzig hab ich mir im Fahrerraum den Rücken versaut. Briegandt wird keine Kopfhaube mehr aufsetzen, wodurch ihm die Haare ausfielen. Die Schweißfüße, verursacht durchs Stiefeltragen, werden nach und nach verschwinden. Ich werde keine Wache schieben mitten in der kalten Nacht. Makarow und Kalaschnikow können mich. Ketten klopfen ist aus. Nie mehr Angst vor der Wassersäule über mir im Fluss. Keine Dosenwurst, kein Atombrot, Dauerkeks und Weißkohleintopf. Kein Schutzanzug mehr.

Doch die Freunde werden mir fehlen. Die trauten Runden, zu denen man sich doch dann und wann gesellte. Die gelegentlich aufblitzende Kumpanei in der Not. Man wird sich neu orientieren, viel nachholen müssen. Die Welt da draußen hat sich entwickelt. Ich werde den Mädchen nachstellen, Gitarre spielen; Briegandts Schule hat mir geholfen, ich hab ihm viel zu verdanken...'

Entlassungsappell. Morgen würden sie gehen. Das Bataillon im Karree. Die Führung faselte von alten und neuen Zielen, würdigte das Erreichte, verlas die Namen der Heimkehrer.

Eisold suchte Wellhofer und Briegandt irgendwo in den Reihen der Angetretenen. Seine Augen wanderten über die Menge. Dort war auch Hessel.

Zum sechsten und letzten Mal wohnten sie diesem Ritual bei. Die Mienen derer, die zurückbleiben mussten, schienen gleichmütig. Eisold wusste Besseres. Hinter den Stirnen hockte anderes, Neid und Sehnsucht.

Wie durch einen Schleier hörte er die Floskeln. Er dachte plötzlich an den stillen Meichert, der auch wie geistesabwesend beim Appell verharrte, mit dieser Mischung aus Stolz und Nachdenklichkeit. Ihm fiel der wilde Lobach ein, der unberechenbare Freudler und der rätselhafte Gonschorek, welcher immer über den Dingen stand. Und er dachte an den Kameraden, der in drei Farben an seine Freundin geschrieben hatte: in Rot die zärtlichen Worte, mit Grün das Private und schwarze Buchstaben drückten das Erlebte aus...

Die Entlassung fand am Morgen statt. Die Züge der Zurückkehrenden platzten acht Uhr aus den verschiedenen Bataillonstüren, vereinigten sich auf der breiten Betonstraße und bewegten sich zum Haupttor. Nebelschleier lagerten über den Gebäuden.

Draußen vorm Tor wurde gejohlt. Umarmungen, Verabschiedungen folgten. Viele sollten hier abgeholt werden, sie entfernten sich zur Straße, einige bewegten sich eilig zum Bahnhof.

Eisold wartete auf Wellhofer und Briegandt. Da waren sie schon, setzten ihre Taschen ab, wirkten unschlüssig. Eisold bot den beiden eine Zigarette an. Sie rauchten.

‚Wenn unsre Freundschaft das Gute war, was die Zeit hier hervorgebracht hatte, so ist es schlecht, dass sie zerbröckeln muss', ging es ihm durch den Kopf. Die Zigarette schmeckte jetzt genauso wie an den dunstigen Morgenden, als sie im Feld lagen. Eisold griff mit der Rechten in das Maschendrahtgeflecht der Umfriedung und sah in das Objekt. Er meinte, leichten Dieselgeruch zu verspüren. Die Nebelschwaden begannen, sich aufzulösen.

Briegandt nahm seine Tasche auf. „Komm schon", sagte er. Eisold wandte sich um. „Moment noch."

„Was ist?" fragte Wellhofer. Eisold trat erneut zum Zaun. „Nun, es ist vorbei."

Ein Gefreiter im Häuschen am Kontrolldurchlass blickte zu ihnen herüber. Die ersten Kompanien marschierten zu den

Panzerhallen. Wie gebannt starrte Eisold den abrückenden Einheiten nach. Nichts schien diesen Ablauf zu erschüttern.

„Lasst uns hier weggehen", sagte Wellhofer. Er warf Briegandt einen Blick zu, der ebenfalls durch die Maschen schaute, wie magisch angezogen von den uniformierten Gestalten, dem systematischen Ablauf hinter dem Tor.

Auch Wellhofers Augen glitten nun über das Treiben hinweg.

Nichts von alledem hatte ihnen wirklich geholfen. Oder doch? Wohl hinterließ es tiefe Eindrücke, gleich den Kettenspuren im Sand, die an ein vermeintliches Ziel führen sollten.

Das Tuckern eines Vorwärmers lärmte. Es duftete nach Kiefern. Sternbild Orion würde unbewegt thronen.